泰語44音

完全自學手冊

修訂版

陳家珍——著
Srisakul Charerntantanakul

晨星出版

作者序

泰國的地理位置，位於東南亞的中心，是歐亞經濟文化的融合之地，更是亞洲旅遊首選的國家，因此泰語也成為了亞洲熱門的語言之一。

本書的出版，就是要讓喜愛泰語的朋友們，一起輕鬆無壓力、有效率地學習泰語。

學習泰語的基本要領，首先就是必須認識泰文字母，然後掌握關鍵拼音上的小技巧與正確的發音方式，再藉由循序漸進的課文內容，搭配有趣的互動式教材，進而讓大家在輕鬆學習的過程中，愛上泰語的魅力，並且奠定泰語學習的穩固根基。

本書從泰國文字的起源開始談起，循序漸進介紹泰語的發展、發音、聲調與數字，並且分單元詳細說明 44 個子音與 32 個母音的發音技巧、筆劃練習、聲調拼音及相關單字與會話，再搭配筆者錄製的線上音檔，必能學到最標準道地的泰語發音。最後補充基本單字、會話與泰文打字教學，方便讀者配合課文內容進行有效的學習與複習，並且實際學會如何在電腦上安裝輸入法、打出泰文與世界溝通，實用度百分百。

對於想要學習正確道地泰語的朋友們，本書絕對是一本不可多得的學習教材。

陳家玲

Srisakul Charerntantanakul

音檔使用說明

◆ 如何收聽音檔

1 手機收聽

1. 奇數頁（例如第 39 頁）的頁碼旁邊附有 **MP3 QR Code** ◄

2. 用 APP 掃描就可立即收聽該跨頁（第 38 頁和第 39 頁）
   的作者朗讀音檔，掃描第 41 頁的 QR 則可收聽第 40 頁
   和第 41 頁……

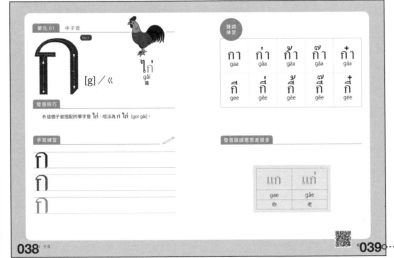

電腦收聽、下載

1. 手動輸入網址＋奇數頁頁碼即可收聽該跨頁音檔，按右鍵則可另存新檔下載

   https://video.morningstar.com.tw/0170028/audio/**039**.mp3

2. 如想收聽、下載不同跨頁的音檔，請修改網址後面的奇數頁頁碼即可，
   例如：

   https://video.morningstar.com.tw/0170028/audio/**041**.mp3

   https://video.morningstar.com.tw/0170028/audio/**043**.mp3

   依此類推……

3. 建議使用瀏覽器：Google Chrome、Firefox

◈ 讀者限定無料

內容說明
全書音檔大補帖
讓您學習泰語更加得心應手！

下載方法（建議使用電腦操作）

1. 尋找密碼：請翻到本書第 138 頁，找出本單元代表單
   字的中文解釋。

2. 進入網站：https://reurl.cc/qZ9dVg
   （輸入時請注意大小寫）

3. 填寫表單：依照指示填寫基本資料與下載密碼。
   E-mail 請務必正確填寫，萬一連結失效才能寄發資料
   給您！

4. 一鍵下載：送出表單後點選連結網址，即可下載。

目次

前言　009

子音　029

前言

泰國文字的起源

　　泰語是泰國的正式官方語言，也就是泰國的國語。分為北部、中部、東北部和南部等 4 個方言區，以中部的泰語為主，尤其是首都曼谷所用的泰語為「泰國標準語」。

　　泰語的基本詞彙以單音節居多，文字是以高棉文為基礎，在 1283 年（佛曆 1826 年）時由蘭甘亨大帝（**พ่อขุนรามคำแหงมหาราช**）創造出來的，他是素可泰王國帕鑾王朝的第三代君主，當時的泰文文字稱為 **ลายสือไทย** [laai séu Thai]。那時的泰文只有 39 個子音、20 個母音及 2 個聲調，如下圖。今天普遍使用的泰文，則是經過七百多年一直不斷的發展改進而成。

▲泰國古文子音對照圖

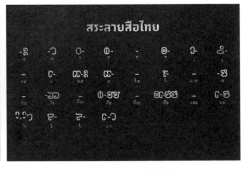

▲泰國古文母音對照圖

圖片來源：
Designated Areas for Sustainable Tourism : DASTA
องค์การบริหารการพัฒนาพื้นที่พิเศษเพื่อการท่องเที่ยวอย่างยั่งยืน หรือ อพท.
推動特區永續觀光發展行政機構
https://www.facebook.com/dastahistoricalpark/posts/1377267652407244/

泰語的發展

泰語的發展可分為二個階段：

◆ 傳統泰語 (ภาษาไทยแท้หรือไทยดั้งเดิม)

傳統泰語的特徵：

1. 單音節單字，例如：

พ่อ	แม่	ช้าง	ม้า
pòr	màe	chãang	mãa
爸爸	媽媽	大象	馬

2. 沒有複合子音

3. 尾音直接用原來的子音發音，例如：

นก	กิน	กบ
nõg	gin	gǒb
鳥	吃	青蛙

4. 不發音符號 (การันต์ [gaa ran])

5. 用聲調符號顯示音調，例如：

ฟ้า	ไม่
fãa	mài
天空	不

◆ 現代泰語 (ภาษาไทยปัจจุบัน)

現在的泰語吸收了大量的梵語（Sanskrit）、巴利語（Pali）、高棉語（Khmer）、漢語（Mandarin）、英語（English）、日語（Japanese）、馬來語（malay）詞彙，所以在泰語中會出現很多外來語。舉例說明如下：

1. 梵語

สวัสดี	ภาษา	เมฆ	โลก
să wăd dee	paa sáa	mèg	lòog
你好	語言	雲	地球
พิเศษ	โลหิต	มหาสมุทร	
pǐ sěd	loo hǐd	mã háa să mǔd	
特別	血	海洋	

สัตว์	ศีรษะ	สมาคม
săd	sée să	să maa kom
動物	頭部	協會

จักรวาล	สวรรค์	นรก
jag gra waan	să wán	nã rõg
宇宙	天堂	地獄

มหัศจรรย์	โฆษณา
mã hăd să jan	kòod să naa
神奇	廣告

นามบัตร	ไปรษณีย์
naam băd	prai să nee
名片	郵局

สมาชิก	อาจารย์
să maa chĩg	aa jaan
會員	老師

2. 巴利語

บิดา	มารดา	สามี	ภริยา
bi daa	maan daa	sáa mee	pa rĩ yaa
父親	母親	丈夫	妻子
ทารก	คงคา	เจดีย์	พระ
taa rõg	kong kaa	je dee	prã
嬰兒	河流	佛塔	和尚

อนาคต	ปฏิทิน	ขยะ
a naa kõd	pa di tin	khǎ yǎ
未來	月曆	垃圾
กุญแจ	กตัญญู	เณร
gun jae	ga dan yuu	nen
鑰匙	孝順	小和尚
นาฬิกา	ปัจจุบัน	อดีต
naa lĩ gaa	pǎd ju ban	a děed
鐘錶	現在	過去

3. 高棉語

กะทิ	ควร	คิด	เชิญ
ga tĩ	kuan	kĩd	chen
椰奶	應該	想	請
ขนาด	ขโมย	ฉลาด	กรุณา
khǎ nǎad	khǎ mooi	chǎ lǎad	ga rũ naa
大小	偷／小偷	聰明	請
ชมรม	ตรวจ	ตลก	สบาย
chom rom	drǔad	da lǒg	sǎ baai
社團	檢查	好笑	舒服

สะอาด	กำแพง	ทะเลาะ
sǎ ǎad	gam paeng	tã lõr
乾淨	牆	吵架

ตำแหน่ง	จำนวน
dam nǎeng	jam nuan
職位	數量
กระทะ	กระบือ
gra tã	gra beu
炒菜鍋	水牛

4. 漢語

เจ๊	เจี๊ย	ชง	ซีอิ๊ว
jẽ	jĩe	chong	see ĩw
大姊	吃	沖	醬油
เกี๊ยว	ไชเท้า	ตังเม	ลำไย
gĩaw	chai tão	dang me	lam yai
餃子	菜頭	糖蜜	龍眼

ไชโป๊	**เกาเหลา**	**ไข่เจียว**
chai bõ	gao láo	khǎi jiao
菜脯	蔬菜貢丸湯	煎蛋
ตู้	**กุนเชียง**	**ก๋วยเตี๋ยว**
dùu	gun chiang	gúay díao
櫃子	香腸	粿條

เก๊กฮวย	**กากี่นั้ง**
gẽg huay	gaa gěe nãng
菊花	自己人
เถ้าแก่	**ขี่หลังเสือ**
tào gǎe	khěe láng séua
老闆	騎虎難下

5. 英語

ก๊อปปี้	กอล์ฟ	การ์ด	โกโก้
copy	golf	card	cocoa
拷貝	高爾夫	卡	可可
คลินิก	แชมพู	ซีดี	ทิชชู่
clinic	shampoo	CD	tissue
診所	洗髮精	光碟	面紙
คุกกี้	เค้ก	ทีวี	บอล
cookie	cake	TV	ball
餅乾	蛋糕	電視	球
แท็กซี่	แฟน	คอมพิวเตอร์	
taxi	fan	computer	
計程車	情人	電腦	

กิโลกรัม	คอนกรีต
kilogram	concrete
公斤	水泥
แซนด์วิช	ลิปสติก
sandwich	lipstick
三明治	口紅
แสตมป์	ไอศกรีม
stamp	ice cream
郵票	冰淇淋
อัตโนมัติ	โน้ตบุ๊ค
automatic	notebook
自動	筆電

6. 日語

ชาบู	ซูชิ	ราเม็ง	สาเก
shabu	sushi	ramen	sake
日式火鍋	生魚片	拉麵	清酒

ยูโด	คาราเต้		วาซาบิ
yudo	karate		wasabi
柔道	空手道		芥末

อุนจิ	นินจา	สึนามิ
unji	ninja	tsunami
屎	忍者	海嘯

กิโมโน	คาราโอเกะ
kimono	karaoke
和服	卡拉 OK

เท็มปุระ	สุกี้ยากี้
tempura	sukiyaki
天婦羅	壽喜燒

7. 馬來語

โกดัง	โต๊ะ	มังคุด	โลมา
goo dang	dõ	mang kŭd	loo maa
倉庫	桌子	山竹	海豚

ทุเรียน	สะเต๊ะ
tũ rian	să dẽ
榴槤	沙嗲

ปะการัง	มะเร็ง
pa gaa rang	mã reng
珊瑚	癌症

泰語發音與聲調

泰語發音和中文發音很接近，因為泰語也是拼音語系，用子音與母音結合聲調創造出文字與音調，類似國語注音符號的概念，只不過泰語有 5 個聲調，比中文多一個。但是泰文在書寫時只有 4 個聲調符號，因為平聲不用符號，其他分別如下：

泰語聲調	泰文名稱	泰語唸法	聲調符號
一聲	ไม้เอก	mãi ĕg	-่
二聲	ไม้โท	mãi too	-้
三聲	ไม้ตรี	mãi dree	-๊
四聲	ไม้จัตวา	mãi jăd da waa	-๋

為了方便大家快速學會泰語發音，本書將加註國語注音聲調符號，以利揣摩泰語發音。但要特別注意，順序排列與國語注音符號不一樣喔！

1. **平聲**：與中文的一聲一樣。
2. **一聲**：與中文的三聲（ˇ）類似，但是泰語發音比較重。
3. **二聲**：與中文的四聲（ˋ）類似，但是泰語發音比較重。
4. **三聲**：與中文的二聲（ˊ）類似，但是泰語要從更低的音開始發音，並且慢慢的拉高，然後在最後尾音要結尾時，再拉高一點。所以本書用「~」這個符號來代表泰文的三聲，以提醒大家尾音要再拉高一點。

5. 四聲：發音與中文的二聲（ˊ）類似，但是泰語要從更低的音開始發音，然後慢慢往上拉高一點。有別於第二聲的發音。

　　雖然泰語的發音和中文很類似，但是並不一樣，所以大家在發音時要注意並且反覆練習、揣摩泰語的發音，尤其是泰語的三聲與四聲，對台灣人來說比較難以分辨。下頁表格可以讓大家學習泰語聲調時更為方便：

平聲	一聲	二聲	三聲	四聲
aa	ǎa	àa	ãa	áa
ee	ěe	èe	ẽe	ée
uu	ǔu	ùu	ũu	úu
ae	ǎe	àe	ãe	áe
oo	ǒo	òo	õo	óo
or	ǒr	òr	õr	ór
er	ěr	èr	ẽr	ér
ai	ǎi	ài	ãi	ái
ao	ǎo	ào	ão	áo

泰文數字輕鬆學

　　對於初學者來說，從泰文數字開始學習泰語發音是最好、最有效的方法，因為許多音都可以用國語注音或台語及英語拼音來模擬泰語的發音，方便讀者揣摩泰文發音及聲調。

　　我們先從 0 到 10 的數字，一個一個開始看吧！

泰文數字	拼音	阿拉伯數字
๐	súun	0
๑	něung	1
๒	sórng	2
๓	sáam	3
๔	sěe	4
๕	hàa	5
๖	hǒg	6
๗	jěd	7
๘	pǎed	8
๙	gào	9
๑๐	sǐb	10

從 10 之後，寫法就跟阿拉伯數字的規則相同：

๑๑	11	๑๖	16
๑๒	12	๑๗	17
๑๓	13	๑๘	18
๑๔	14	๑๙	19
๑๕	15	๒๐	20

但唸法的部分有 2 個數字要特別留意：

1. ๑ (1) 如果在尾數要唸 [ĕd]，不可以唸 [nĕung]

๑๑	sĭb ĕd	11
๒๑	yèe sĭb ĕd	21
๓๑	sáam sĭb ĕd	31

2. ๒๐ (20) 數字唸 [yèe sĭb]，不唸 [sórng sĭb]

๒๒	yèe sĭb sórng	22
๒๕	yèe sĭb hàa	25
๒๙	yèe sĭb gào	29

除了 10 個基本數字，我們再來認識更多更大的數字單位唸法：

數字單位	泰語唸法
百	rõi
千	pan
萬	měun
十萬	sáen
百萬	lãan
千萬	sǐb lãan
億	rõi lãan
十億	pan lãan
百億	měun lãan
千億	sáen lãan
兆／萬億	lãan lãan

泰文數字小練習

請用手機掃描下方 QR Code，聆聽作者的標準發音，並動手將正確答案填在右邊的空格內。

❶ ๑๐๑ nĕung rõi ĕd ____________

❷ ๕๒๐ hàa rõi yèe sĭb ____________

❸ ๒,๘๐๐ sórng pan păed rõi ____________

❹ ๔๐,๙๐๐ sĕe mĕun gào rõi ____________

❺ ๑๐๖,๙๙๙ nĕung sáen hŏg pan gào rõi gào sĭb gào ____________

❻ ๒,๓๐๐,๐๐๐ sórng lãan sáam sáen ____________

答案 ❶ 101 ❷ 520 ❸ 2800 ❹ 40900 ❺ 106999 ❻ 230 萬

NOTE

子音

泰文有 44 個子音、32 個母音，其中有些子音是相同的發音，因此在子音的後方會加上一個字詞，以便學習者區別子音及背誦字詞。

　　泰文 44 個子音包含 9 個中子音、11 個高子音和 24 個低子音，本書將發音相同的子音放入同一個單元，共分成 28 個單元詳細介紹。

　　學習泰語者應該以教材的正確發音為準，以下的**泰文子音表**附上相對應之羅馬拼音，以提供學習者區別發音之參考。

子音	唸法	單字	意思
No.1 ก [g]	ก ไก่ gor găi	ไก่ găi	雞
No.2 ข [kh]	ข ไข่ khór khăi	ไข่ khăi	蛋
No.3 ฃ [kh]	ฃ ฃวด khór khŭad	ฃวด khŭad	瓶子
No.4 ค [k]	ค ควาย kor kwaai	ควาย kwaai	水牛

No.5 ฅ [k]	ฅ คน kor kon	คน kon	人
No.6 ฆ [k]	ฆ ระฆัง kor rã kang	ระฆัง rã kang	大鐘
No.7 ง [ng]	ง งู ngor nguu	งู nguu	蛇
No.8 จ [j]	จ จาน jor jaan	จาน jaan	盤子
No.9 ฉ [ch]	ฉ ฉิ่ง chór chǐng	ฉิ่ง chǐng	小鈸
No.10 ช [ch]	ช ช้าง chor chãang	ช้าง chãang	大象

No.11 ซ [s]	ซ โซ่ sor sòo	โซ่ sòo	鐵鍊
No.12 ฌ [ch]	ฌ เฌอ chor cher	เฌอ cher	樹木
No.13 ญ [y] [i]	ญ หญิง yor yíng	หญิง yíng	女士
No.14 ฎ [d]	ฎ ชฎา dor chã daa	ชฎา chã daa	泰式舞者頭冠
No.15 ฏ [d]	ฏ ปฏัก dor pa tăg	ปฏัก pa tăg	標槍 矛
No.16 ฐ [t]	ฐ ฐาน tór táan	ฐาน táan	底座

No.17 ฑ [t]	ฑ มณโฑ tor mon too	มณโฑ mon too	神話故事裡的魔后
No.18 ฒ [t]	ฒ ผู้เฒ่า tor pùu tào	ผู้เฒ่า pùu tào	老人
No.19 ณ [n]	ณ เณร nor nen	เณร nen	小和尚
No.20 ด [d]	ด เด็ก dor děg	เด็ก děg	小孩子
No.21 ต [d]	ต เต่า dor dǎo	เต่า dǎo	烏龜
No.22 ถ [t]	ถ ถุง tór túng	ถุง túng	袋子

No.23 ท [t]	ท ทหาร tor tã háan	ทหาร tã háan	軍人
No.24 ธ [t]	ธ ธง tor tong	ธง tong	旗子
No.25 น [n]	น หนู nor núu	หนู núu	老鼠
No.26 บ [b]	บ ใบไม้ bor bai mãi	ใบไม้ bai mãi	樹葉
No.27 ป [p]	ป ปลา por plaa	ปลา plaa	魚
No.28 ผ [p]	ผ ผึ้ง pór pèung	ผึ้ง pèung	蜜蜂

ฝ No.29 [f]	ฝ ฝา fór fáa	ฝา fáa	蓋子 牆壁
พ No.30 [p]	พ พาน por paan	พาน paan	奉獻盤
ฟ No.31 [f]	ฟ ฟัน for fan	ฟัน fan	牙齒
ภ No.32 [p]	ภ สำเภา por sám pao	สำเภา sám pao	帆船
ม No.33 [m]	ม ม้า mor mãa	ม้า mãa	馬
ย No.34 [y][i]	ย ยักษ์ yor yãg	ยักษ์ yãg	門神 妖怪

No.35 ร [r]	ร เรือ ror reua	เรือ reua	船
No.36 ล [l]	ล ลิง lor ling	ลิง ling	猴子
No.37 ว [w]	ว แหวน wor wáen	แหวน wáen	戒指
No.38 ศ [s]	ศ ศาลา sór sáa laa	ศาลา sáa laa	涼亭
No.39 ษ [s]	ษ ฤาษี sór reu sée	ฤาษี reu sée	隱士
No.40 ส [s]	ส เสือ sór séua	เสือ séua	老虎

No.41 ห [h]	ห หีบ hór hěeb	หีบ hěeb	盒子 箱子
No.42 ฬ [l]	ฬ จุฬา lor ju laa	จุฬา ju laa	星型 風箏
No.43 อ [o]	อ อ่าง or ǎang	อ่าง ǎang	水盆
No.44 ฮ [h]	ฮ นกฮูก hor nõg hùug	นกฮูก nõg hùug	貓頭鷹

上面表格與本書都是用顏色來分類子音：

1. **中子音**：藍色
2. **高子音**：**紅色**
3. 低字音：綠色

子音的分類非常重要，會產生很多音的變化，尤其是聲調的順序及發音，以下將一一介紹給大家認識。

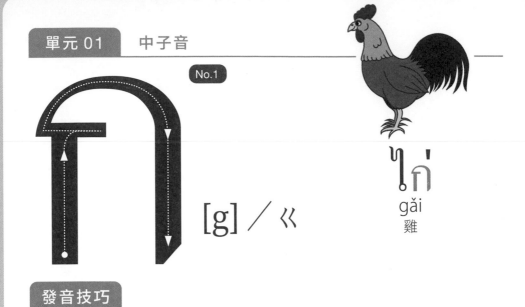

單元 01　中子音

No.1

[g] ／ ㄍ

ไก่

gǎi

雞

發音技巧

ก 這個子音搭配的單字是 ไก่，唸法為 ก ไก่ [gor gǎi]。

手寫練習

ก

ก

ก

聲調練習

กา gaa	ก่า gǎa	ก้า gàa	ก๊า gãa	ก๋า gáa
กี gee	กี่ gěe	กี้ gèe	กี๊ gẽe	กี๋ gée

發音錯誤意思差很多

แก	แก่
gae	gǎe
你	老

單字練習

กรุณา ga rũ naa 請／請求	กะปิ ga pi 蝦醬
กลอง glorng 鼓	พวกเรา pùag rao 我們
กะเพราหมู ga prao múu 打抛豬	ลาก่อน laa gŏrn 再見
กระบอกน้ำอุ่น gra bŏrg nãm ŭn 保溫瓶	บอก bŏrg 告訴

會話練習

◆ กำลังกลับบ้าน

gam lang glăb bàan

回家路上。

◆ ก็ได้

gòr dài

也行／都可以。

◆ ไม่บอก

mài bŏrg

不告訴你。

ไม่บอก

◆ พบกันใหม่

pōb gan măi

再見面喔！

單元 02　高子音

ข

No.2

[kh]／ㄎˊ

ไข่
khăi
蛋

發音技巧

ข 這個子音搭配的單字是 ไข่，唸法為 ข ไข่ [khór khăi]。

此子音與 ฃ／ฃ ฃวด [khór khŭad / 瓶子] 發音相同，目前 ฃ 已經被淘汰，改用 ข 代替。No.3

手寫練習

筆劃順序

ข

ข

ฃ

ฃ

聲調練習

ขา kháa	ข่า khǎa	ข้า khàa
ขี khée	ขี่ khěe	ขี้ khèe

發音錯誤意思差很多

ขอ	ข้อ
khór	khòr
請求	關節

單字練習

ขาว kháaw 白色	แขน kháen 手／手臂
ขา kháa 腳／腿	ข้าว khàaw 飯
ขนาด kha nǎad 尺寸／大小	ขอบคุณ khǒrb kun 謝謝
ขนม kha nóm 點心／甜點	ขึ้น khèun 上

◆ ผมขอข้าวผัด 1 จาน

póm khór khàaw pǎd 1 jaan

我要一盤炒飯。

◆ รับของหวานไหม?

rãb khórng wáan mái

要甜點嗎？

◆ ขอยืมหน่อย

khór yeum nǒi

借用一下。

◆ ขายหน้ามาก

kháai nàa màag

很丟臉。

ขอยืมหน่อย

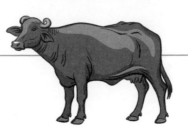

No.4

[k] ／ ㄎ

ควาย
kwaai
水牛

發音技巧

ค 這個子音搭配的單字是 **ควาย**，唸法為 **ค ควาย** [kor kwaai]。

此子音與 **ฅ ฅน** [kor kon / 人] 發音相同，目前 **ฅ** 已經被淘汰，改用 **ค** 代替。 No.5

另外還有一個泰文子音發音相同，就是 **ฆ ／ ฆ ระฆัง** [kor rã kang / 大鐘]。雖然此子音很少用，但是並沒有淘汰。No.6

手寫練習

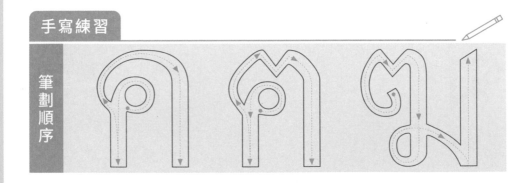

筆劃順序

ค

ค

ค

ต

ต

ต

ฆ

ฆ

ฆ

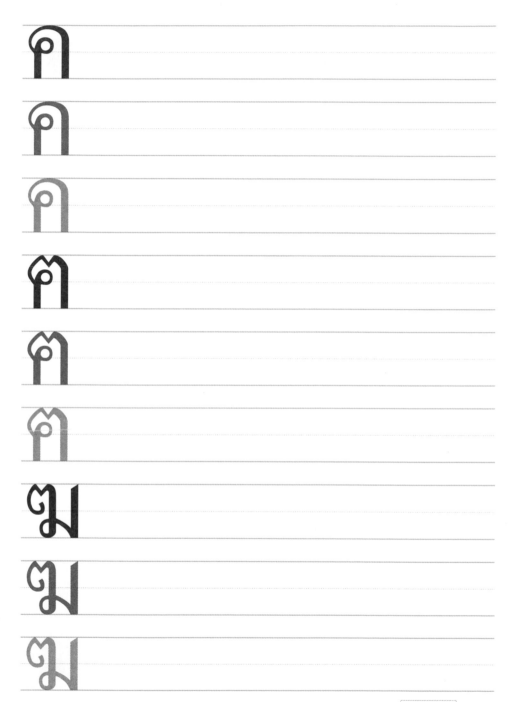

聲調練習

คา kaa	ค่า kàa	ค้า kãa
ฆี kee	ฆี่ kèe	ฆี่ kẽe

發音錯誤意思差很多

ค่า	ค้า
kàa	kãa
費用	貿易

單字練習

คุณ kun 你	คุ้ม kùm 值得／划算
ครู kruu 老師	ฆ่าเวลา kàa we laa 消磨時間
คู่มือ kùu meu 手冊	คมนาคม kã mã naa kom 交通
ยาฆ่าแมลง yaa kàa mã laeng 殺蟲劑	ฆ่าเชื้อ kàa chẽua 殺菌／消毒

單字練習

ฆาตกรรม kàad da gam 謀殺	โฆษณา kòod sǎ naa 廣告
เมฆ mèg 雲	เฆี่ยน k ìan 鞭打

會話練習

◆ คุณชื่ออะไร?

kun chèu a rai

你叫什麼名字？

◆ มีค่าธรรมเนียมไหม?

mee kàa tam nium mái

有手續費嗎？

◆ **ควงแขน**
kuang kháen
牽手／挽手。

◆ **เจ็บคอ**
jěb kor
喉嚨痛。

◆ **แอลกอฮอลฆ่าเชื้อ**
alcohol kàa chẽua
消毒酒精。

◆ **หาอะไรทำฆ่าเวลา**
háa a rai tam kàa we laa
找事情做／消磨時間。

◆ **โฆษณาประสบความ สำเร็จ สินค้าขายดีมาก**
kòod sǎ naa pra sǒb kwaam sám rěd sín kãa kháai dee màag
廣告很成功，產品賣得很好。

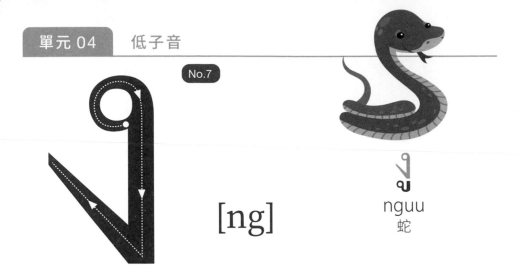

No.7

[ng]

งู
nguu
蛇

發音技巧

這個子音沒有對比的中文發音，ง 的發音類似ㄤ，但是鼻音比較重。這個子音搭配的單字是 งู，唸法為 ง งู [ngor nguu]。

手寫練習

ง

ง

ง

聲調練習

งา ngaa	ง่า ngàa	ง้า ngãa
งี ngee	งี่ ngèe	งี้ ngẽe

發音錯誤意思差很多

งา	ง่า
ngaa	ngàa
芝麻	展開

單字練習

งาช้าง ngaa chãang 象牙	งูเห่า nguu hǎo 眼鏡蛇
งง ngong 疑惑	งดงาม ngõd ngaam 美麗
ถั่วงอก tǔa ngòrg 豆芽	งบประมาณ ngõb pra maan 預算
งาดำ ngaa dam 黑芝麻	งอบ ngòrb 斗笠／草帽

◆ **งานอดิเรก**
ngaan a di rĕg
業餘的愛好。

◆ **งงไปหมด**
ngong pai mŏd
搞混了／完全不清楚。

◆ **ขี้งก**
khèe ngõg
小氣鬼／吝嗇。

ขี้งก

◆ **ง่ายมากๆ**
ngàai màag màag
非常簡單。

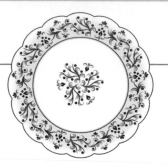

No.8

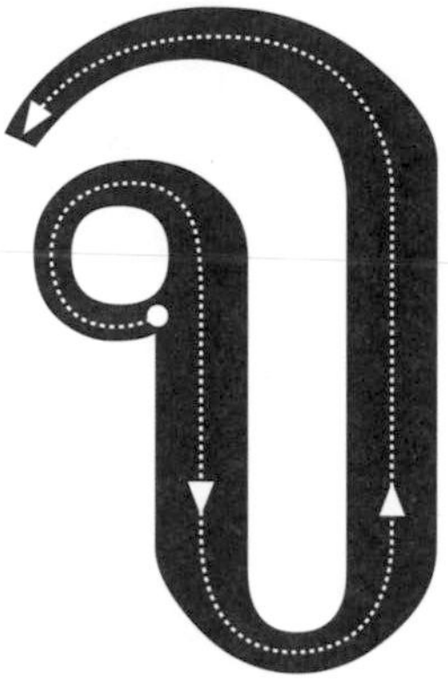

[j]／ㄐ

จาน

jaan

盤子

發音技巧

จ 這個子音搭配的單字是 **จาน**，唸法為 **จ　จาน** [jor jaan]。

手寫練習

จ

จ

จ

聲調練習

จา jaa	จ่า jǎa	จ้า jàa	จ๊า jãa	จ๋า jáa
จี jee	จี่ jěe	จี้ jèe	จี๊ jẽe	จี๋ jée

發音錯誤意思差很多

จ่อ	จ๋อ
jŏr	jór
瞄準／對準	猴子

單字練習

มาจาก maa jǎag 來自	จัดการ jǎd gaan 處理
จบ jǒb 結束／完成	จำเป็น jam pen 必須／必要
จู้จี้ jùu jèe 嘮叨／囉嗦	จดหมาย jǒd máai 信
จงใจ jong jai 故意	ใช้จ่าย chāi jǎai 花費

▶ 來自泰國

會話練習

◆ กระเป๋าใบนี้สวยจริงๆ

gra báo bai nẽe súay jing jing

這個包包真漂亮。

◆ ผมขี่จักรยานมาทำงาน

póm khĕe jăg gra yaan maa tam ngaan

我騎腳踏車來上班。

◆ จำไม่ได้แล้ว

jam mài dài lãew

記不得了。

◆ จดทะเบียนสมรส

jŏd tã bian sóm rõd

登記結婚。

ผมขี่จักรยานมาทำงาน

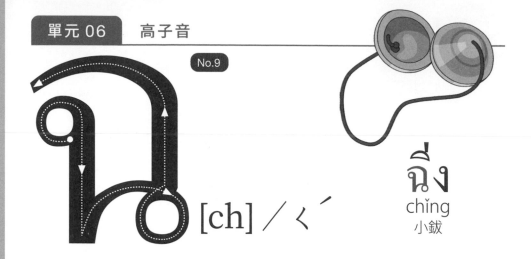

No.9

ฉ [ch]／ㄑˊ

ฉิ่ง

chǐng

小鈸

發音技巧

ฉ 這個子音搭配的單字是 ฉิ่ง 唸法為 ฉ ฉิ่ง [chór chǐng]。

手寫練習

ฉ

ฉ

ฉ

聲調練習

ฉา cháa	ฉ่า chǎa	ฉ้า chàa
ฉี chée	ฉี่ chěe	ฉี้ chèe

發音錯誤意思差很多

ฉาก	ฉาย
chǎag	cháai
背景／背板	播放

單字練習

ฉัน chán 我（女生用語）	ไฟฉาย fai cháai 手電筒
ฉลาก cha lǎag 標籤	ฉบับ cha bǎb 份
ฉลาด cha lǎad 聰明	ฉีก chěeg 撕裂／撕開
ฉุกเฉิน chǔg chén 緊急	ฉีดยา chěed yaa 打針

◆ ฉลองวันเกิดด้วยกันนะ

cha lórng wan gĕd dùay gan nã

一起慶祝生日喔！

◆ อย่าฉุดกระชากสิ

yǎa chŭd gra chàag sĭ

別大力拉扯嘛！

◆ ฉิบหายแล้ว

chĭb háai lãew

完蛋了／糟糕了！

◆ เด็กๆ ฉลาดมาก

dĕg dĕg cha lǎad màag

小朋友們都很聰明。

อย่าฉุดกระชากสิ

No.10

[ch] / ㄔ

ช้าง
chãang
大象

發音技巧

ช 這個子音搭配的單字是 ช้าง，唸法為 ช ช้าง [chor chãang]。

ช 這個子音發音與 ฌ / ฌ เฌอ [chor cher / 樹木] 相同。雖然 ฌ 很少用，但是並沒有被淘汰。No.12

手寫練習

筆劃順序

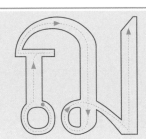

ช

ช

ฌ

ฌ

聲調練習

ชา chaa	ช่า chàa	ช้า chãa
ชี chee	ชี่ chèe	ชี้ chẽe
ฌา chaa	ฌ่า chàa	ฌ้า chãa
ฌี chee	ฌี่ chèe	ฌี้ chẽe

發音錯誤意思差很多

ชา	ช้า
chaa	chãa
茶／茶葉	慢

單字練習

ชื่อ chèu 名字	ชัดเจน chãd jen 清楚
ชนะ chã nã 勝利	ชั่วโมง chùa moong 小時

單字練習

ช้อน chõrn 湯匙	ชอบ chòrb 喜歡
ชนิด chã nĩd 種類	สีชมพู sée chom puu 粉紅色
ฌาน chaan 靜思／禪	ฌาปนกิจ cha pa nã gǐd 火化
ฌาปนกิจ cha pa nã gǐd 火化儀式	ฌาปนสถาน cha pa nã sǎ táan 火葬場

會話練習

◆ ผมชื่อสมศักดิ์

póm chèu sóm sǎk

我的名字是頌撒。

◆ เขาเป็นคนช่างพูด

kháo pen kon chàang pùud

她是個愛說話的人。

◆ ช่วยทำงานบ้านหน่อย

chùai tam ngaan bàan nǒi

幫忙做一點家事。

◆ บ้านพักชายทะเล

bàan pãg chaai tã le

海邊度假屋。

◆ **พระเข้าฌาน**
prã khào chaan
和尚在靜思。

◆ **ที่ฌาปนสถานไหน?**
tèe chaa pa nã să táan nái
在哪一座殯葬場？

◆ **วันนี้ต้องไปงาน ฌาปนกิจพ่อเพื่อน**

wan nẽe dòrng pai ngaan chaa pa nã gǐd pòr pèuan
今天要去參加朋友父親的火化儀式。

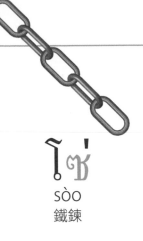

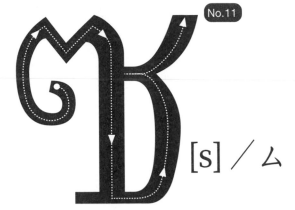

No.11

[s]／ㄙ

โซ่
sòo
鐵鍊

發音技巧

ซ 這個子音搭配的單字是 โซ่，唸法為 ซ โซ่ [sor sòo]。

手寫練習

ซ

ซ

ซ

聲調練習

ซา saa	ซ่า sàa	ซ้า sãa
ซี see	ซี่ sèe	ซี้ sẽe

發音錯誤意思差很多

ซื่อ	ซื้อ
sèu	sẽu
老實	買

單字練習

ซุ่มซ่าม sùm sàam 笨手笨腳	ซ้อม sõrm 練習
ซุกซน sũg son 頑皮	ซักเสื้อผ้า sãg sèua pàa 洗衣服
ซาลาเปา saa laa pao 包子	ซ่อน sòrn 隱藏
ซักถาม sãg táam 詢問	ซอย soi 巷子

◆ ฉันชอบซื้อรองเท้า

chán chòrb sẽu rorng tão

我喜歡買鞋子。

◆ เสื้อตัวนี้ต้องซักแห้ง

sèua dua nẽe dòrng sãg hàeng

這件衣服要乾洗。

◆ ผงซักฟอกเมืองไทยหอมมาก

póng sãg fòrg meuang tai hórm màag

泰國洗衣粉很香。

ฉันชอบซื้อรองเท้า

◆ ซุบซิบนินทา

sũb sĩb nin taa

聊八卦。

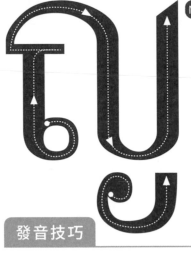

No.13

[y][i]

หญิง
yíng
女士

發音技巧

ญ 這個子音搭配的單字是 **หญิง**，唸法為 **ญ หญิง** [yor yíng]。

此子音與 **ย ／ ย ยักษ์** [yor yāg ／ 門神、妖怪] 發音相同，但是 **ย** 比較常用。
No.34

手寫練習

筆劃順序

ญ

ญ

ย

ย

聲調練習

ญา yaa	ญ่า yàa	ญ้า yãa
ยี yee	ยี่ yèe	ยี้ yẽe

發音錯誤意思差很多

ยา	ย่า
yaa	yàa
藥	外祖母

單字練習

ยาจีน yaa jeen 中藥	หญ้า yàa 草
ญาติ yàad 親戚	ญี่ปุ่น yèe pǔn 日本
ยก yõg 舉／抬	ยานพาหนะ yaan paa hǎ nã 交通工具
ยอดเยี่ยม yòrd yìam 讚／棒	ยิ้ม yĩm 微笑

ที่นี่ยุงเยอะ

◆ **ที่นี่ยุงเยอะ**

tèe nèe yung yẽr

這裡很多蚊子。

◆ **ยุคนี้ยุคดิจิตอล**

yũg nẽe yũg digital

現在是數位時代。

◆ **ผู้หญิงคนนั้นสวยมาก**

pùu yíng kon nãn súay màag

那位女生很美。

◆ **ย้อมผมสีทอง**

yõrm póm sée torng

染金色頭髮。

單元 10　中子音

No.14

[d]

ชฎา
chã daa
泰式舞者頭冠

發音技巧

ฎ 發音類似ㄉ、ㄌ之間，唸起來比較像英文的 d。這個子音搭配的單字是 ชฎา，唸法為 ฎ ชฎา [dor chã daa]。

此子音與 ด／ด เด็ก [dor děg / 小孩子] 發音相同，但是 ด 比較常用。（No.20）

手寫練習

筆劃順序

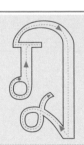

ฎ

ด

ด

聲調練習

ดา daa	ด่า dǎa	ด้า dàa	ด๊า dãa	ด๋า dáa
ฎี dee	ฎี่ děe	ฎี้ dèe	ฎี๊ dẽe	ฎี๋ dée

發音錯誤意思差很多

ดัง	ดั้ง
dang	dàng
大聲／有名	鼻樑

單字
練習

ดอกไม้ dǒrg mãi 花	ดีกว่า dee gwǎa 比較好
ดารา daa raa 明星	ด้วยกัน dùay gan 一起
ด้านหน้า dàan nàa 前面／前方	ดับเครื่อง dǎb kreùang 熄掉引擎
กฎหมาย gǒd máai 法律	กฎระเบียบ gǒd rã bǐab 規定

ข้าวเหนียวมะม่วง
อร่อยมาก

◆ เดินตรงไป

dern drong pai

直直走。

◆ ผิดกฎหมาย

pĭd gŏd máai

違法。

◆ ขอคิดดูก่อน

khór kĩd duu gŏrn

讓我先想一想。

◆ ข้าวเหนียวมะม่วง
อร่อยมาก

khàaw níaw mã mùang a rŏi màag

芒果糯米很好吃。

單元 11　中子音

No.15

[d] ／ ㄉ

ปฎัก

pa dăg

標槍／矛

發音技巧

ฎ 這個子音搭配的單字是 ปฎัก，唸法為 ฎ ปฎัก [dor pa dăg]。

此子音與 ต ／ ต เต่า [dor dăo / 烏龜] 發音相同，但是 ต 比較常用。
No.21

手寫練習

筆劃順序

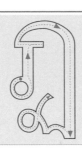

ต

ต

聲調練習

ตา daa	ต่า dǎa	ต้า dàa	ต๊า dãa	ต๋า dáa
ตี dee	ตี่ děe	ตี้ dèe	ตี๊ dẽe	ตี๋ dée

發音錯誤意思差很多

เตา	เต่า
dao	dǎo
爐子	烏龜

單字練習

กุฏิ
gu di
僧舍／僧寮

ปรากฏการณ์
praa gǒd gaan
現象

ปาฏิหารย์
pa di háan
奇蹟

ปฏิกิริยา
pa di gi rĩ yaa
反應

ตลาด
da lǎad
市場／市集

รถติด
rõd dǐd
塞車

ตกใจ
dǒg jai
嚇一跳

ตบมือ
dǒb meu
拍手

- **ถวายสังฆทานที่กุฏิ
ด้านหลังนั่น**
ta wáai sáng kã taan tèe gu di dàan láng nàn
佛具及捐贈物品捐贈於後方那兒的僧舍。

- **กรุงเทพรถติดมาก**
grung tèp rõd dǐd màag
曼谷很塞車。

- **ตลาดจตุจักรของราคาถูก**
da lǎad ja du jǎg khórng raa kaa tǔug
恰圖恰市集東西很便宜。

- **เขาชอบตกปลา**
kháo chòrb dǒg plaa
他喜歡釣魚。

กรุงเทพรถติดมาก

單元 12　高子音

ฐ

No.16

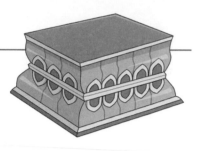

[t]／ㄊˊ

ฐาน

táan

底座

發音技巧

ฐ 這個子音搭配的單字是 ฐาน，唸法為 ฐ ฐาน [tór táan]。

此子音與 ถ／ถ ถุง [tór túng / 袋子] 發音相同，但是 ถ 比較常用。

No.22

手寫練習

筆劃順序

ฐ

ฐ

ถ

ถ

聲調練習

ฐา táa	ฐ่า tǎa	ฐ้า tàa
ถี tée	ถี่ těe	ถี้ tèe

發音錯誤意思差很多

ถัว	ถั่ว
túa	tǔa
平均	豆子

單字練習

ฐานะ táa nã 社會地位	ฐานข้อมูล táan khòr muun 資料庫
ฐานทัพ táan tãb 基地	ถอนเงิน tórn ngen 提款
ถนน ta nón 馬路	ถูก tǔug 便宜
ถ้วย tùai 杯子	ถ้า tàa 如果／假設

◆ **คุณเฉินฐานะดี**
kun chén táa nã dee
陳先生經濟狀況好。

◆ **ช่วยถามให้หน่อย**
chùai táam hài nǒi
幫忙問一下。

◆ **บ้านนี้อากาศถ่ายเทดี**
bàan nẽe aa gǎad tǎai te dee
這棟房子空氣流通。

◆ **คุยถูกคอ**
kui tǔug kor
聊得來！

บ้านนี้อากาศถ่ายเทดี

No.17

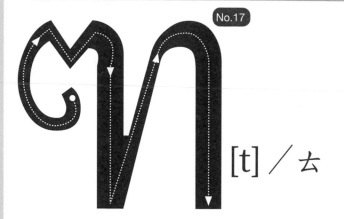

[t]／ㄊ

มณโฑ

mon too

神話故事裡的魔后

發音技巧

ฑ 這個子音搭配的單字是 **มณโฑ**，唸法為 **ฑ มณโฑ** [tor mon too]。

此字與另三個子音 **ฒ**（No.18）／**ฒ ผู้เฒ่า** [tor pùu tào / 老人]，**ท**（No.23）／**ท ทหาร** [tor tã háan / 軍人]，**ธ**（No.24）／**ธ ธง** [tor tong / 旗子] 發音相同，**ฑ** 和 **ฒ** 兩個子音比較少用。

手寫練習

筆劃順序

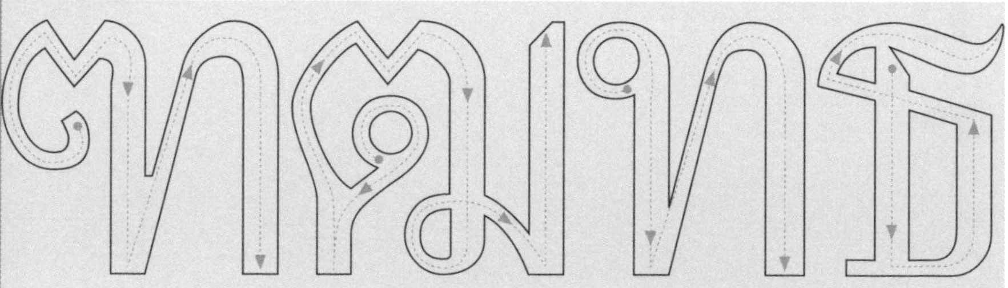

ฑ

ฑ

ฒ

ฒ

ท

ท

ธ

ธ

聲調練習

ทา taa	ท่า tàa	ท้า tãa
ธี tee	ธี่ tèe	ธี้ tẽe

發音錯誤意思差很多

ท่อ	ท้อ
tòr	tõr
管子	桃子／灰心／沮喪

單字練習

ทูต tùud 大使	ครุฑ krũd 大鵬金翅鳥／伽樓羅／揭路荼
บัณฑิต ban dǐd 學士	กรีฑาสถาน gree taa sǎ táan 體育場
วัฒนธรรม wãd tã nã tam 文化	พัฒนา pãd tã naa 發展／進步
คุณวุฒิ kun nã wũd 合格證書、資格證明／學位	วิวัฒนาการ wĩ wãd tã naa gaan 演化／進化

單字練習

ทำใจ tam jai 看開／調適心情	ทางออก taang ŏrg 出口
ท่องเที่ยว tong tìao 旅遊／觀光	ทะเลาะ tã lõr 吵架
ธงชาติ tong chàad 國旗	ธรรมดา tam mã daa 普通／一般
ธุรกิจ tũ rã gĭd 生意	ค่าธรรมเนียม kàa tam niam 手續費

◆ บัณฑิตจบใหม่

ban dǐd jǒb mǎi

應屆畢業生。

◆ ท่านทูตอยู่ที่พิพิธภัณฑ์

tàan tùud yǔu tèe pĩ pĩd tã pan

大使在博物館。

◆ อนุรักษ์วัฒนธรรมไทย

a nũ rãg wãd tã nã tam Thai

保留泰國文化。

อนุรักษ์วัฒนธรรมไทย

◆ วิจัยและพัฒนาสินค้าใหม่ออกสู่ตลาด

wĩ jai lãe pãd tã naa sín kãa maǐ ǒrg sǔu da lǎad

研發新產品上市。

◆ ฉันชอบไปเที่ยวประเทศไทย

chán chòrb pai tìaw pra tèd Thai

我喜歡去泰國旅遊。

◆ วันนี้ท้องเสีย

wan nẽe tõrng sía

今天拉肚子。

วันนี้ท้องเสีย

ในที่สุดก็ท้องแล้ว

◆ ทิ้งขยะ

tĩng khǎ yǎ

丟垃圾。

◆ ไปธนาคาร

pai tã naa kaan

去銀行。

◆ ธุรกิจไม่ดี

tũ ra gǐd maì dee

生意不好。

◆ ในที่สุดก็ท้องแล้ว

nai tèe sǔd gòr tõrng lãew

終於懷孕了！

單元 14　低子音

No.19

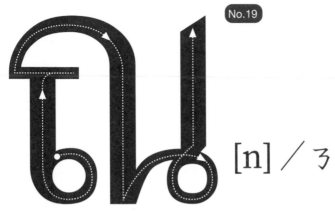

[n]／ㄋ

เณร
nen
小和尚

發音技巧

ณ 這個子音搭配的單字是 เณร，唸法為 ณ เณร [nor nen]。

此字與 น／น หนู [nor núu / 老鼠] 發音相同，但是 น 比較常用。
No.25

手寫練習

筆劃順序

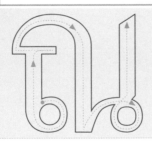

ณ

ณ

น

น

聲調練習

ณา naa	ณ่า nàa	ณ้า nãa
นี nee	นี่ nèe	นี้ nẽe

發音錯誤意思差很多

นา	น่า
naa	nàa
田	應該

單字練習

คำนวณ kam nuan 計算	คณะ kã nã 團體／團隊
กรุณา ga rũ naa 請	ลักษณะ lãg sǎ nǎ 形狀
หน้า nàa 臉	น้อย nõi 少
นักเรียน nãg rian 學生	นามบัตร naam bǎd 名片

會話練習

◆ กรุณามาทำงานตรงเวลา

ga rũ naa maa tam ngaan drong we laa

請準時上班。

◆ เถ้าแก่คำนวณค่าอาหารเร็วมาก

tào gǎe kam nuan kàa aa háan rew màag

老闆算餐費很快。

◆ ลืมใส่นาฬิกา

leum saǐ naa lĩ gaa

忘記戴手錶。

◆ ไม่ใส่ น้ำตาล

mài saǐ nãm daan

不要加糖。

ไม่ใส่น้ำตาล

No.26

[b]

ใบไม้
bai mãi
樹葉

發音技巧

　　บ 發音類似 ㄅ，但唸起來比較像英文子音的 b。บ 這個子音搭配的單字是 ใบไม้，唸法為 บ ใบไม้ [bor bai mãi]。

手寫練習

บ

บ

บ

บา	บ่า	บ้า	บ๊า	บ๋า
baa	bǎa	bàa	bãa	báa
บี	บี่	บี้	บี๊	บี๋
bee	běe	bèe	bẽe	bée

發音錯誤意思差很多

บ่า	บ้า
bǎa	bàa
肩膀	瘋子

單字練習

เงินบาท ngen bǎad 泰銖	บ้าง bàng 一些
บรรเทา ban tao 減輕	บำบัด bam bǎd 治療
บันเทิง ban teng 娛樂	บัตร bǎd 卡片
บาดเจ็บ bǎad jěb 受傷	รถบรรทุก rõd ban tũg 貨車

◆ บ้านเกิดผมอยู่ที่กรุงเทพฯ

bàan gĕd póm yǔu tèe grung tèp

我的出生地在曼谷。

◆ ผมทำงานบริษัทนำเข้ารถยนต์

póm tam ngaan bor rĩ sǎd nam khào rõd yon

我在汽車進口公司上班。

◆ ที่นี่ห้ามสูบบุหรี่

tèe nèe hàam sǔub bu rěe

這裡禁止抽菸。

◆ บริหารเวลาเก่ง

bor rĩ háan we laa gĕng

很會安排時間。

ที่นี่ ห้ามสูบบุหรี่

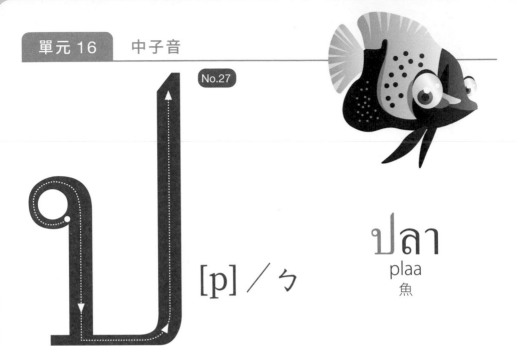

No.27

ป

[p]／ㄅ

ปลา
plaa
魚

發音技巧

ป 這個子音搭配的單字是 ปลา，唸法為 ป ปลา [por plaa]。

手寫練習

ป
ป
ป

聲調練習

ปา paa	ป่า pǎa	ป้า pàa	ป๊า pãa	ป๋า páa
ปี pee	ปี่ pěe	ปี้ pèe	ปี๊ pẽe	ปี๋ pée

發音錯誤意思差很多

ปู	ปู่
puu	pǔu
螃蟹	祖父

單字
練習

ป้าย pàai 牌子	ปาก pǎag 嘴巴
เปลี่ยน plǐan 換	ประกาศ pra gǎad 公告／宣布
ป่วย pǔai 生病	ประโยชน์ pra yǒod 利益／好處
ปลอดภัย plǒrd pai 安全	ปกติ pa ga di 正常

會話練習

◆ เปิดประตู

pĕd pra duu

開門。

◆ เขาเป็นคนปากจัด

kháo pen kon păag jăd

他是個伶牙俐齒的人。

◆ ประกวดนางงาม

pra gŭad naang ngaam

選美比賽。

◆ ฝนตกปรอยๆ

fón dŏg proi proi

下毛毛雨。

ประกวดนางงาม

No.28

[p]／ㄆˊ

ผึ้ง

pèung

蜜蜂

發音技巧

ผ 這個子音搭配的單字是 ผึ้ง，唸法為 ผ ผึ้ง [pór pèung]。

手寫練習

ผ

ผ

ผ

聲調練習

ผา páa	ผ่า pǎa	ผ้า pàa
ผี pée	ผี่ pěe	ผี้ pèe

發音錯誤意思差很多

ผ่า	ผ้า
pǎa	pàa
開刀	布

單字練習

ผิวหนัง píw náng 皮膚	ผีเสื้อ pée sèua 蝴蝶
ผิด pǐd 錯誤	เผ็ด pěd 辣
ผัดไทย pǎd Thai 泰式炒河粉	ผลไม้ pón lã maĩ 水果
ผงซักฟอก póng sãg fòrg 洗衣粉	ผอม pórm 瘦

◆ ไม่ใส่ผงชูรส

màì saǐ póng chuu rõd

不加味精。

◆ น้ำผึ้งหอมมาก

nãm pèung hórm màag

蜂蜜很香。

◆ ไม่กินเผ็ด

mài gin pĕd

不吃辣。

◆ ไม่เอาผักชี

mài ao păg chee

不要香菜。

ไม่กินเผ็ด

單元 18　高子音

No.29

[f]／ㄈˊ

ฝา
fáa
蓋子／牆壁

發音技巧

ฝ 這個子音搭配的單字是 ฝา，唸法為 ฝ ฝา [fór fáa]。

手寫練習

ฝ

ฝ

ฝ

聲調練習

ฝา fáa	ฝ่า fǎa	ฝ้า fàa
ฝี fée	ฝี่ fěe	ฝี้ fèe

發音錯誤意思差很多

ฝาย	ฝ้าย
fáai	fàai
堰	棉

單字練習

ฝน fón 雨	ฝิ่น fǐn 鴉片
ฝ่าฝืน fǎa féun 違反	ฝึกหัด fěug hǎd 練習
ฝังเข็ม fáng khém 針灸	ฝรั่ง fǎ rǎng 芭樂／老外
ฝาแฝด fáa fǎed 雙胞胎	ฝัน fán 夢

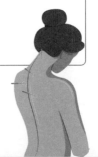

◆ วันนี้ฝนตก

wan nẽe fón dǒg

今天下雨。

◆ นอนหลับฝันดี

norn lǎb fán dee

祝你好夢。

◆ ผ้าฝ้ายใส่สบาย

pàa fàai sǎi sǎ baai

棉料好穿很舒服。

◆ ฝากเงินธนาคาร

fǎag ngen tã naa kaan

到銀行存款。

ฝากเงินธนาคาร

單元 19　低子音

พ

No.30

[p] ／ ㄆ

พาน
paan
奉獻盤

發音技巧

พ 這個子音搭配的單字是 พาน，唸法為 พ พาน [por paan]。

此子音與 ภ สำเภา [por sám pao / 帆船] 發音相同，但是 ภ 比較少用。

No.32

手寫練習

筆劃順序

พ ภ

พ

พ

ภ

ภ

聲調練習

พา paa	พ่า pàa	พ้า pãa
ภี pee	ภี่ pèe	ภี้ pẽe

發音錯誤意思差很多

พอ	พ่อ
por	pòr
足夠	爸爸

單字練習

พระ prã 和尚	พี่ pèe 長輩／大哥／大姊
พิเศษ pĩ sĕd 特別	พยาบาล pã yaa baan 護士
พยายาม pã yaa yaam 努力	พิจารณา pĩ jaa rã naa 考慮
ภูเก็ต puu gĕd 普吉島	ภรรยา pan rã yaa 妻子
ภาชนะ paa chã nã 容器	ภาพถ่าย pàab tǎai 照片

會話練習

◆ พูดภาษาไทยได้

pùud paa sáa Thai dài

會說泰文。

◆ เดินชมพิพิธภัณฑ์

dern chom pĩ pĩd tã pan

參觀博物館。

◆ คุณมีพี่น้องกี่คน?

kun mee pèe nõrng gèe kon

你有幾個兄弟姊妹？

เดินชมพิพิธภัณฑ์

◆ พวกเราชอบดูภาพยนต์ไทย

pùag rao chòrb duu pàab pã yon Thai

我們喜歡看泰國電影。

ฟ

No.31

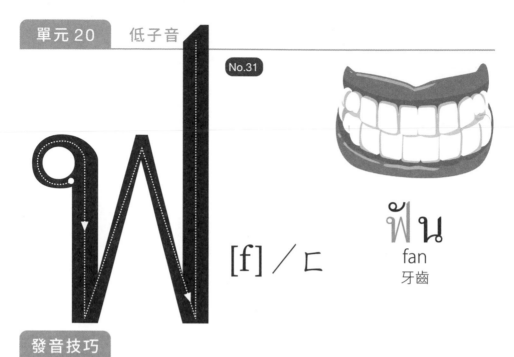

[f] / ㄈ

ฟัน
fan
牙齒

發音技巧

ฟ 這個子音搭配的單字是 ฟัน，唸法為 ฟ ฟัน [for fan]。

手寫練習

ฟ

ฟ

ฟ

聲調
練習

ฟา faa	ฟ่า fàa	ฟ้า fãa
ฟี fee	ฟี่ fèe	ฟี้ fẽe

發音錯誤意思差很多

ฟอง	ฟ้อง
forng	fõrng
氣泡	提告／申訴

單字練習

ฟาง faang 稻草	ฟัก fãg 瓜類
ฟ้าแลบ fãa làeb 閃電	ฟ้าผ่า fãa pǎa 打雷
ฟกช้ำ fõg chãm 瘀傷／瘀青	ฟองเต้าหู้ forng dào hùu 豆腐皮
ฟันปลอม fan plorm 假牙	ฟื้น fẽun 恢復

◆ อย่าใช้จ่ายฟุ่มเฟือย

yǎa chãi jǎai fùm feua

別浪費錢。

◆ ท้องฟ้าสดใส

tõrng fãa sǒd sái

天空晴朗。

◆ ฟังหูไว้หู

fang húu wãi húu

姑且聽之／當作參考。

◆ ฟังเพลงไทย

fang pleng Thai

聽泰文歌。

อย่าใช้จ่ายฟุ่มเฟือย

單元 21 低子音

No.33

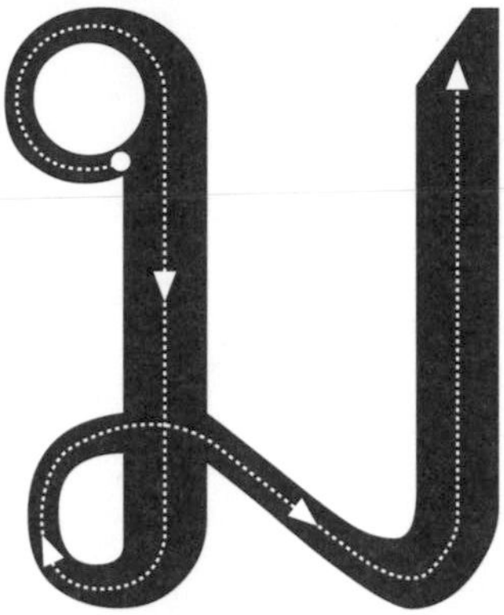

ม [m] ／ ㄇ

ม้า
mãa
馬

發音技巧

ม 這個子音搭配的單字是 ม้า，唸法為 ม ม้า [mor mãa]。

手寫練習

ม

ม

ม

聲調練習

มา maa	ม่า màa	ม้า mãa
มี mee	มี่ mèe	มี้ mẽe

發音錯誤意思差很多

ม้า	หมา
mãa	máa
馬	狗

單字練習

มากมาย màag maai 很多	มวยไทย muai Thai 泰拳
ผัวเมีย púa mia 夫妻	มือ meu 手
มะลิ mã lĩ 茉莉花	มะละกอ mã lã gor 木瓜
มหาสมุทร mã háa să mŭd 海洋	มะพร้าว mã prãaw 椰子

會話練習

◆ ไปเที่ยวทะเลกัน

pai tìaw tã le gan

一起去海邊玩。

◆ มังคุดหวานมาก

mang kũd wáan màag

山竹很甜。

◆ ใส่หมวกกันแดด

sǎi mǔag gan dǎed

戴帽子遮陽。

◆ เมื่อคืนนอนตกหมอน

mèu keun norn dǒg mórn

昨晚落枕。

มังคุดหวานมาก

No.35

[r]

เรือ

reua

船

發音技巧

ร 發音類似ㄌ，但是要彈舌。

這個子音搭配的單字是 เรือ，唸法為 ร เรือ [ror reua]。

手寫練習

ร

ร

ร

聲調練習

รา raa	ร่า ràa	ร้า rãa
รี ree	รี่ rèe	รี้ rẽe

發音錯誤意思差很多

รอย	ร้อย
roi	rõi
痕跡／疤痕	百

單字練習

รถเมล์ rõd me 公車	รถไฟ rõd fai 火車
รถไฟฟ้า rõd fai fãa 捷運	ระหว่างทาง rã wǎang taang 路途中
รับประกัน rãb pra gan 保證	เรียนภาษาไทย rian paa sáa Thai 學泰文
ร่ม ròm 傘	โรงแรม roong raem 飯店／旅館

會話練習

◆ รถตุ๊กตุ๊กสะดวกมาก

rõd dũg dũg sǎ dǔag màag

嘟嘟車很方便。

◆ รถไฟมาตรงเวลาดี

rõd fai maa drong we laa dee

火車準時到。

◆ คุณจองโรงแรมไหน?

kun jorng roong raem nái

你訂哪家飯店？

◆ ระวังทางลื่น

rã wang taang lèun

小心路滑。

รถตุ๊กตุ๊กสะดวกมาก

單元 23　低子音

No.36

[l] ／ ㄌ

ลิง
ling
猴子

發音技巧

ล 這個子音搭配的單字是 ลิง，唸法為 ล ลิง [lor ling]。

此子音與 ฬ จุฬา [lor ju laa / 星型風箏] 發音相同，但是 ฬ 很少用。

No.42

手寫練習

筆劃順序

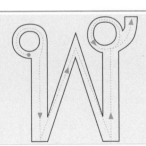

ล

ล

ฬ

ฬ

聲調練習

ลา laa	ล่า làa	ล้า lãa
ฬี lee	ฬี่ lèe	ฬี้ lẽe

發音錯誤意思差很多

ลม	ล้ม
lom	lõm
風	跌倒

單字練習

ลูก lùug 小孩	ลบ lõb 減
ละคร lã korn 連續劇	ละลาย lã laai 融化
ล้มละลาย lõm lã laai 破產	ลูกหลาน lùug láan 子孫
ล้างมือ lãang meu 洗手	ลงนาม long naam 簽名
นาฬิกา naa lĩ gaa 鐘／錶	กีฬา gee laa 體育／運動
ปลาวาฬ plaa waan 鯨魚	

會話練習

◆ ลองทำดูอีกที

lorng tam duu ěeg tee

再試一次。

◆ ลอยกระทง

loi gra tong

放水燈。

◆ เรื่องนี้เป็นความลับ

rèung nẽe pen kwaam lãb

這件事是祕密。

◆ ดูลายมือ

duu laai meu

看手相／算命。

◆ คุณชอบกีฬาอะไร

kun chòrb gee laa a rai

你喜歡什麼運動？

單元 24　低子音

No.37

[w]／ㄨㄛ

แหวน
wáen
戒指

發音技巧

ว 發音類似ㄨㄛ，可參考英文的 w 或 v 的唸法。

這個子音搭配的單字是 แหวน，唸法為 ว แหวน [wor wáen]。

手寫練習

ว

ว

ว

聲調
練習

วา waa	ว่า wàa	ว้า wãa
วี wee	วี่ wèe	วี้ wẽe

發音錯誤意思差很多

ว่าง	วาง
wàang	waang
有空	放下

單字練習

เวลา we laa 時間	ว่าว wàaw 風箏
วัด wãd 寺廟	วิ่ง wìng 跑步
วัยรุ่น wai rùn 年輕人	วุ้นเส้น wũn sèn 冬粉
วิเคราะห์ wĩ krõr 分析	วัง wang 皇宮

◆ วันเสาร์นี้ว่างไหม?

wan sáo nẽe wàang mái

這禮拜六有空嗎？

◆ วิ่งออกกำลังกาย

wìng ŏrg gam lang gaai

跑步運動。

◆ สุขสันต์วันเกิด

sŭg sán wan gĕd

生日快樂。

◆ ฟังวิทยุ

fang wĩd tã yũ

聽收音機。

วิ่งออกกำลังกาย

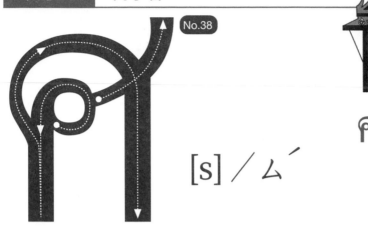

單元 25　高子音

No.38

[s]／ㄙˊ

ศาลา

sáa laa

涼亭

發音技巧

ศ 這個子音搭配的字詞是 **ศาลา**，唸法為 **ศ ศาลา** [sór sáa laa / 涼亭]。

此子音與 **ษ** ／ **ษ ฤาษี** (No.39) [sór reu sée / 隱士] 及 **ส** ／ **ส เสือ** (No.40) [sór séua / 老虎] 發音相同。其中 **ส** 最常用，而 **ษ** 很少用。

手寫練習

筆劃順序

ศ

ศ

ษ

ษ

ส

ส

聲調練習

ศา sáa	ศ่า sǎa	ศ้า sàa
สี sée	สี่ sěe	สี้ sèe

發音錯誤意思差很多

สู่	สู้
sǔu	sùu
往	鬥

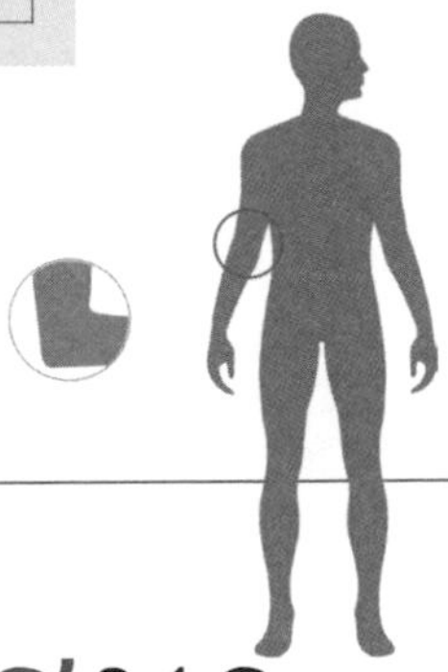

單字練習

ศอก sǒrg 手肘	ศาสนา sǎad sǎ náa 宗教
คำศัพท์ kam sǎb 單字	ศิลปะ sín lã pa 藝術

單字
練習

ศีรษะ sée sǎ 頭部	ขอโทษ khór tòod 對不起
อังกฤษ ang grǐd 英國	สีแดง sée daeng 紅色
สาธารณสุข sáa taa rã nã sǔg 公共衛生	สวน súan 公園
สูง súung 高	

◆ ผมถือศีล 5

póm téu séen 5

我遵守五戒。

◆ ทำความสะอาด

tam kwaam sǎ ǎad

清潔。

◆ รู้สึกโศกเศร้า

rũu sěug sǒog sào

覺得很傷心。

◆ อนุรักษ์ธรรมชาติ

a nũ rãg tam mã chàad

環保生態。

รู้สึกโศกเศร้า

◆ **ศึกษาโบราณคดี**
sěug sáa boo raan kã dee
研究古代歷史文化。

◆ **ไม่มีพิษ**
mài mee pĩd
無毒。

◆ **ศิลปะวัฒนธรรมไทย**
sín lã pa wãd tã nã tam Thai
泰國藝術文化。

◆ **น่าสงสัยมาก**
nàa sóng sái màag
非常可疑。

◆ **เล่นสนุกสนาน**
lèn sa nǔg sa náan
玩得很開心。

ศิลปะวัฒนธรรมไทย

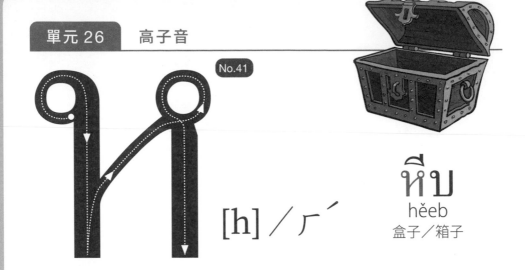

No.41

[h] ／ㄏˊ

หีบ
hěeb
盒子／箱子

發音技巧

ห這個子音搭配的單字是หีบ，唸法為ห หีบ [hór hěeb / 盒子、箱子]。

手寫練習

ห

ห

ห

聲調練習

หา háa	ห่า hǎa	ห้า hàa
หู húu	หู่ hǔu	หู้ hùu

發音錯誤意思差很多

หาม	ห้าม
háam	hàam
扛	禁止

單字練習

ห้องน้ำ hòrng nãm 洗手間	หอพัก hór pãg 宿舍
หนังสือ náng séu 書	หนอน nórn 毛毛蟲
ใหม่ mǎi 新	หาพบ háa põb 找到
หัวใจ húa jai 心臟	บุหรี่ bu rěe 菸

◆ ที่นี่ห้ามสูบบุหรี่

tèe nèe hàam sǔub bu rěe

這裡禁止抽菸。

◆ หกล้มในห้องน้ำ

hǒg lõm nai hòrng nãm

在洗手間跌倒。

◆ ขโมยหลบหนีไปได้

kha mooi lǒb née pai dài

小偷逃走了。

◆ มีหลักฐานไหม?

mee lǎg táan mái

有證據嗎？

ขโมยหลบหนีไปได้

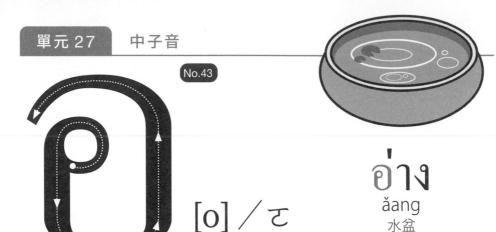

單元 27　中子音

No.43

[o] ／ ㄛ

อ่าง
ǎang
水盆

發音技巧

อ 這個子音搭配的單字是 อ่าง，唸法為 อ อ่าง [or ǎang / 水盆]。

這個子音的羅馬拼音比較特別，當子音搭配其他母音時，不用寫子音的羅馬拼音，例如下列的聲調練習所呈現出來的寫法。

手寫練習

อ

อ

อ

聲調練習

อา aa	อ่า ǎa	อ้า àa	อ๊า ãa	อ๋า áa
อี ee	อี่ ěe	อี้ èe	อี๊ ẽe	อี๋ ée

發音錯誤意思差很多

อู่	อู้
ǔu	ùu
修理廠	偷懶

單字練習

อะไร a rai 什麼	อร่อย a rǒi 好吃
อ้วน ùan 胖	อ้อย òi 甘蔗
อ่าน ǎan 閱讀	อุปกรณ์ ǔb pa gorn 工具
อ้วก ùag 吐	อาจ ǎad 有可能

◆ อ่านเป็นไหม?

ǎan pen mái

看得懂嗎？

◆ อ้อยเข้าปากช้าง

òi khào pǎag chãang

肉包子打狗，有去無回。

◆ อาจารย์เป็นคนประหยัด

aa jaan pen kon pra yǎd

老師很節省。

◆ คุณอายุเท่าไร?

kun a yũ tào rai

你幾歲？

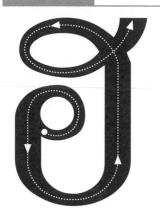

No.44

[h] ／ ㄏ

นกฮูก

nõg hùug

貓頭鷹

發音技巧

ฮ 這個子音搭配的字詞是 **นกฮูก**，唸法為 ฮ **นกฮูก** [hor nõg hùug / 貓頭鷹]。

手寫練習

ฮ

ฮ

ฮ

聲調練習

ฮา haa	ฮ่า hàa	ฮ้า hãa
ฮี hee	ฮี่ hèe	ฮี้ hẽe

發音錯誤意思差很多

ฮา	ฮ่า
haa	hàa
形容好笑	笑聲

單字練習

ฮา haa 好笑	ฮกเกี้ยน hõg gìan 福建
ฮินดู hin duu 印度教	ฮอร์โมน hor moon 荷爾蒙
ฮวงจุ้ย huang jùi 風水	เฮลิคอปเตอร์ he lĩ cõrb dèr 直升機
ฮิต hĩd 流行	ฮือฮา heu haa 關注／驚訝

會話練習

◆ น้ำลดฮวบ

nãm lõd hùab

水位降很快。

◆ ร้องไห้ฮือๆ

rõrng hài heu heu

哭聲。

◆ เสื้อสไตล์นี้กำลังฮิต

sèua sǎ dai nẽe gam lang hĩd

這個款式的衣服現在很流行。

◆ ชาเก๊กฮวยหอมหวาน

chaa gẽg huai hórm wáan

菊花茶很香甜。

ร้องไห้ฮือๆ

NOTE

字母分類表

◆ 子音分類表

中子音	9 個字	ก จ ด ต ฎ ฏ บ ป อ
高子音	11 個字	ข ฃ ฉ ฐ ถ ผ ฝ ศ ษ ส ห
低子音	24 個字	ค ฅ ฆ ง ช ซ ฌ ญ ฑ ฒ ณ ท ธ น พ ฟ ภ ม ย ร ล ว ฬ ฮ

開始學母音前的小提醒

泰文是拼音文字，利用子音和母音的拼音規則變化來創造單字。所以如果你發音正確並了解拼音規則，那就可以閱讀各種文章，但是內容能夠看懂多少，視你能掌握的單字量而定。也由於泰文是拼音文字，只要讀音稍有偏差，意思就會差很多， 泰國人聽不懂的話就會用前後文來猜測你到底想講什麼。所以在此提醒大家，發音正確非常重要！！！

泰文母音除了有長母音、短母音之別，還可以分為單母音、複合母音、特殊母音和不常用母音，一共 4 種。

泰語拼音規則

泰語有 44 個子音，分為中、高、低子音 3 種，在搭配長、短母音時會產生不同的聲調，可以用中文聲調作為參考，來揣摩泰語的聲調。

子音 / 母音	短母音	長母音
中子音	กะ	กา
	ga	gaa
高子音	ขะ	ขา
	khǎ	kháa
低子音	คะ	คา
	kã	kaa

NOTE

母音

泰文母音共有 32 個，分為短母音及長母音，詳見以下的**泰文母音表**。

เสียงสั้น 短音	เสียงยาว 長音	เสียงสั้น 短音	เสียงยาว 長音	เสียงสั้น 短音	เสียงยาว 長音
-ะ	-า	-ิ	-ี	-ึ	-ือ
a	aa	i	ee	eu	eu
-ุ	-ู	เ-ะ	เ-	แ-ะ	แ-
u	uu	e	e	ae	ae
โ-ะ	โ-	เ-าะ	-อ	เ-อะ	เ-อ
o	oo	or	or	er	er
เ-ียะ	เ-ีย	เ-ือะ	เ-ือ	-ัวะ	-ัว
ia	ia	eua	eua	ua	ua
-ำ		ใ-		ไ-	
am		ai (mãi mũan)		ai (mãi ma laai)	
เ-า		ฤ	ฤๅ	ฦ	ฦๅ
ao		rẽu	reu	lẽu	leu

[a]

發音技巧

這個母音是單母音，發ㄚ。

手寫練習

ะ

ะ

拼音練習

中子音	高子音	低子音
กะ ga	ขะ khă	คะ kã
จะ ja	หะ hă	ระ rã
ตะ da	สะ să	พะ pã

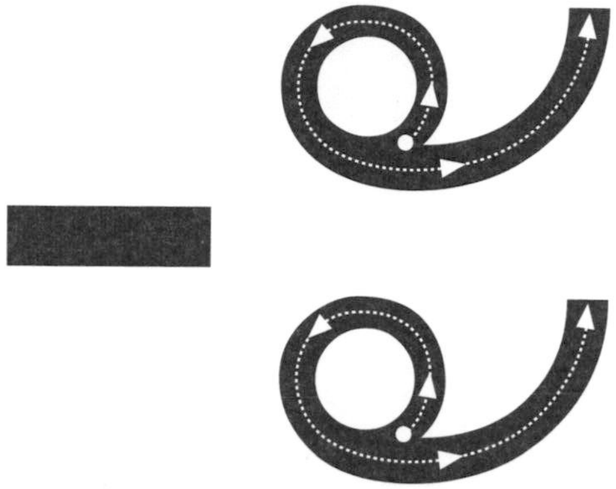

發音技巧

[aa]

這個母音是單母音，發ㄚ。

手寫練習

ㄧꞋ

ㄧꞋ

拼音練習

中子音	高子音	低子音
กา gaa	ขา kháa	คา kaa
จา jaa	หา háa	รา raa
ตา daa	สา sáa	พา paa

單元 03　短母音

[i]

發音技巧

這個母音是單母音，
發一。

手寫練習

拼音練習

中子音	高子音	低子音
กิ gi	ขิ khǐ	คิ kĩ
ดิ di	ถิ tǐ	นิ nĩ
ปิ pi	ฉิ chǐ	มิ mĩ

發音技巧

[ee]

這個母音是單母音，
發一。

手寫練習

拼音練習

中子音	高子音	低子音
กี gee	ขี khée	คี kee
ดี dee	ถี tée	นี nee
ปี pee	ฉี chée	มี mee

發音技巧

這個母音是單母音，沒有唸法類似的國語注音可以對照。

[eu]

手寫練習

拼音練習

中子音	高子音	低子音
กึ geu	ขึ khěu	คึ kēu
จึ jeu	หึ hěu	รึ rēu
ตึ deu	สึ sěu	พึ pēu

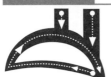

單元 06　長母音

發音技巧

這個母音是單母音，沒有唸法類似的國語注音。

ำ [eu]

手寫練習

ำ
-อ

ำ
-อ

拼音練習

中子音	高子音	低子音
กือ geu	ขือ khéu	คือ keu
จือ jeu	หือ héu	รือ reu
ตือ deu	สือ séu	พือ peu

發音技巧

[u]

這個母音是單母音，發ㄨ。

手寫練習

拼音練習

中子音	高子音	低子音
กุ gu	ขุ khǔ	คุ kũ
ดุ du	ฐุ tǔ	นุ nũ
ปุ pu	ฉุ chǔ	มุ mũ

發音技巧

這個母音是單母音，發ㄨ。

[uu]

手寫練習

◌ู

◌ู

拼音練習

中子音	高子音	低子音
กู guu	ขู khúu	คู kuu
ดู duu	ถู túu	นู nuu
ปู puu	ฉู chúu	มู muu

單元 09 短母音

[e]

發音技巧

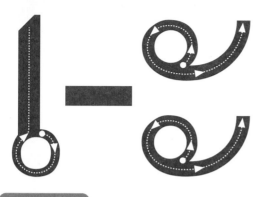

這個母音是單母音，
發ㄟ。

手寫練習

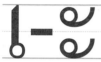

เ-ะ

เ-ะ

拼音練習

中子音	高子音	低子音
เกะ ge	เขะ khě	เคะ kẽ
เจะ Je	เหะ hě	เระ rẽ
เตะ de	เสะ sě	เพะ pẽ

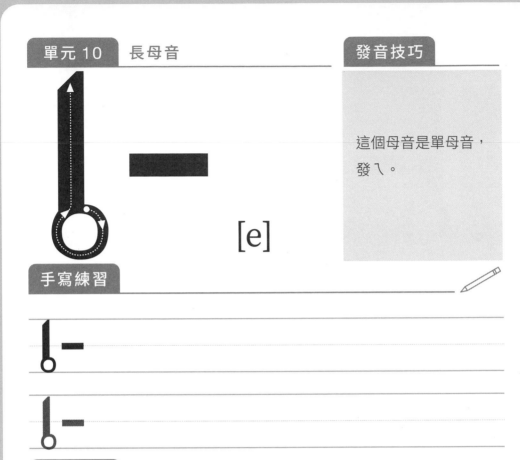

單元 10　長母音

[e]

發音技巧

這個母音是單母音，
發ㄟ。

手寫練習

เ–

เ–

拼音練習

中子音	高子音	低子音
เก ge	เข khé	เค ke
เจ je	เห hé	เร re
เต de	เส sé	เพ pe

176　母音

單元 11 短母音

[ae]

發音技巧

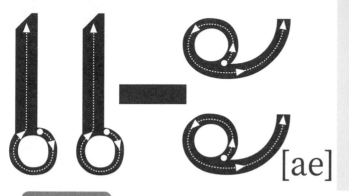

這個母音是單母音，發ㄝ˙。

手寫練習

แ-ะ

แ-ะ

拼音練習

中子音	高子音	低子音
แกะ gae	แขะ khǎe	แคะ kãe
แดะ dae	แถะ tǎe	แนะ nãe
แปะ pae	แฉะ chǎe	แมะ mãe

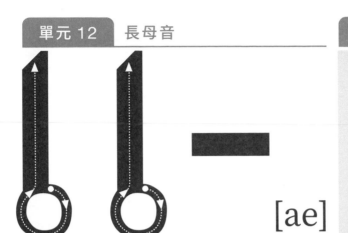

單元 12 長母音

[ae]

發音技巧

這個母音是單母音，
發せ。

手寫練習

แ–

แ–

拼音練習

中子音	高子音	低子音
แก gae	แข kháe	แค kae
แด dae	แถ táe	แน nae
แป pae	แฉ cháe	แม mae

單元 13 短母音

โ-ะ [o]

發音技巧

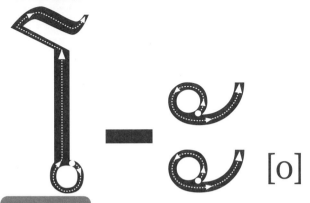

這個母音是單母音，發ㄛ˙。

手寫練習

โ-ะ

โ-ะ

拼音練習

中子音	高子音	低子音
โกะ go	โขะ khǒ	โคะ kõ
โจะ jo	โหะ hǒ	โระ rõ
โตะ do	โสะ sǒ	โพะ põ

單元 14 長母音

โ– [oo]

發音技巧

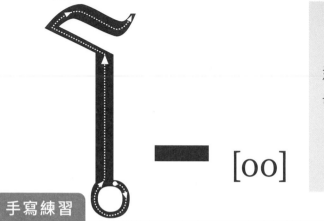

這個母音是單母音，
發ㄡ。

手寫練習

โ–

โ–

拼音練習

中子音	高子音	低子音
โก goo	โข khóo	โค koo
โจ joo	โห hóo	โร roo
โต doo	โส sóo	โพ poo

單元 15　短母音

เ-าะ

[or]

發音技巧

這個母音是單母音，發˙ㄛ。

手寫練習

เ-าะ

เ-าะ

拼音練習

中子音	高子音	低子音
เกาะ gor	เขาะ khŏr	เคาะ kõr
เดาะ dor	เถาะ tŏr	เนาะ nõr
เปาะ por	เฉาะ chŏr	เมาะ mõr

[or]

發音技巧

手寫練習

-อ

-อ

拼音練習

中子音	高子音	低子音
กอ gor	ขอ khór	คอ kor
ดอ dor	ถอ tór	นอ nor
ปอ por	ฉอ chór	มอ mor

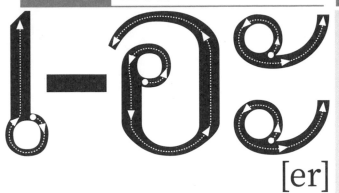

單元 17 短母音

เ-อะ

[er]

發音技巧

這個母音是單母音，發˙ㄜ。

手寫練習

เ-อะ

เ-อะ

拼音練習

中子音	高子音	低子音
เกอะ ger	เขอะ khěr	เคอะ kẽr
เจอะ jer	เหอะ hěr	เรอะ rẽr
เตอะ der	เสอะ sěr	เพอะ pẽr

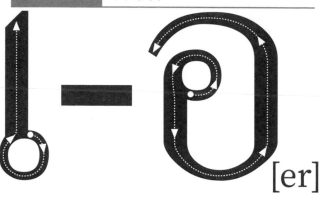

單元 18　長母音

發音技巧

這個母音是單母音，
發ㄜ。

[er]

手寫練習　✏️

เ-อ

เ-อ

拼音練習

中子音	高子音	低子音
เกอ ger	เขอ khér	เคอ ker
เจอ jer	เหอ hér	เรอ rer
เตอ der	เสอ sér	เพอ per

發音技巧

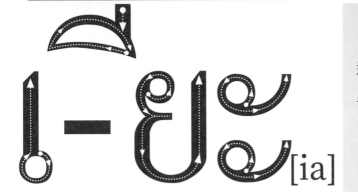

[ia]

這個母音是複合母音�－ ＋ ะ，發ㄧㄚ。

手寫練習

เ-ียะ

เ-ียะ

拼音練習

中子音	高子音	低子音
เกียะ gia	เขียะ khǐa	เคียะ kĩa
เดียะ dia	เถียะ tǐa	เนียะ nĩa
เปียะ pia	เฉียะ chǐa	เมียะ mĩa

185

單元 20 長母音

เ-ีย [ia]

發音技巧

這個母音是複合母音-ี + า，發ㄧㄚ。

手寫練習

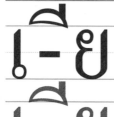

เ-ีย

เ-ีย

拼音練習

中子音	高子音	低子音
เกีย gia	เขีย khía	เคีย kia
เดีย dia	เถีย tía	เนีย nia
เปีย pia	เฉีย chía	เมีย mia

單元 21 短母音

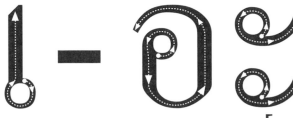

เ-ือะ

[eua]

發音技巧

這個母音是複合母音 -ือ+ะ，發 ㄜ̇ㄚ̇。

手寫練習

เ-ือะ

เ-ือะ

拼音練習

中子音	高子音	低子音
เกือะ geua	เขือะ khěua	เคือะ kēua
เจือะ jeua	เหือะ hěua	เรือะ rēua
เตือะ deua	เสือะ sěua	เพือะ pēua

เ-ือ [eua]

發音技巧

這個母音是複合母音-ือ+า，發ㄜㄚ。

手寫練習

เ-ือ

เ-ือ

拼音練習

中子音	高子音	低子音
เกือ geua	เขือ khéua	เคือ keua
เจือ jeua	เหือ héua	เรือ reua
เตือ deua	เสือ séua	เพือ peua

單元 23　短母音

-วะ [ua]

發音技巧

這個母音是複合母音 -ู + ะ，發ㄨㄚ˙。

手寫練習

ะ

-วะ

ะ

-วะ

拼音練習

中子音	高子音	低子音
กัวะ gua	ขัวะ khǔa	คัวะ kũa
ดัวะ dua	ถัวะ tǔa	นัวะ nũa
ปัวะ pua	ฉัวะ chǔa	มัวะ mũa

單元 24 長母音

[ua]

發音技巧

這個母音是複合母音 -ู + า，發ㄨㄚ。

手寫練習

-ว

-ว

拼音練習

中子音	高子音	低子音
กัว gua	ขัว khúa	คัว kua
ดัว dua	ถัว túa	นัว nua
ปัว pua	ฉัว chúa	มัว mua

單元 25 特殊短母音

ํ ※ 用長音拼音規則

-ำ [am]

發音技巧

這個母音是特殊母音，發ㄚㄇ。

手寫練習

ํ
-ำ
ํ
-ำ

拼音練習

中子音	高子音	低子音
กำ gam	ขำ khám	คำ kam
จำ jam	หำ hám	รำ ram
ตำ dam	สำ sám	พำ pam

單元 26　特殊短母音

※ 用長音拼音規則

ใ- [ai]

發音技巧

這個母音是特殊母音，發ㄞ。因為有兩個母音都發ㄞ的音，所以必須加單字比較容易分辨。ใ- 唸 [ai mãi mũan]，mãi 的意思是「符號」，mũan 的意思是「捲」，也就是說這個母音的符號是捲的。

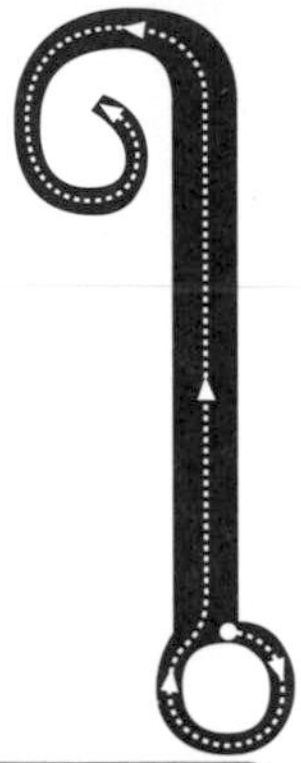

手寫練習

ใ-

ใ-

拼音練習

中子音	高子音	低子音
ใก gai	ใข kháі	ใค kai
ใจ jai	ให hái	ใร rai
ใต dai	ใส sái	ใพ pai

單元 27　特殊短母音

※ 用長音拼音規則

[ai]

發音技巧

這個母音是特殊母音，發ㄞ。因為有兩個母音都發ㄞ的音，因此必須加單字比較容易分辨：ไ- 唸成 [ai mãi ma laai]。

手寫練習

ไ-

ไ-

拼音練習

中子音	高子音	低子音
ไก gai	ไข khái	ไค kai
ไจ jai	ไห hái	ไร rai
ไต dai	ไส sái	ไพ pai

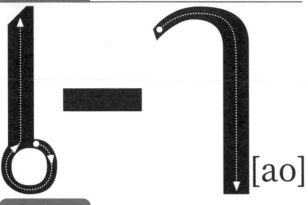

單元 28　特殊短母音　※用長音拼音規則

發音技巧

這個母音是特殊母音，發ㄠ。

[ao]

手寫練習

เ-า

เ-า

拼音練習

中子音	高子音	低子音
เกา gao	เขา kháo	เคา kao
เจา jao	เหา háo	เรา rao
เตา dao	เสา sáo	เพา pao

單元 29 短母音

[rẽu]

發音技巧

這個母音是不常用母音，沒有發音類似的國語注音。

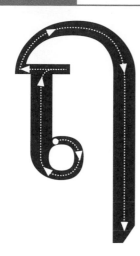

手寫練習

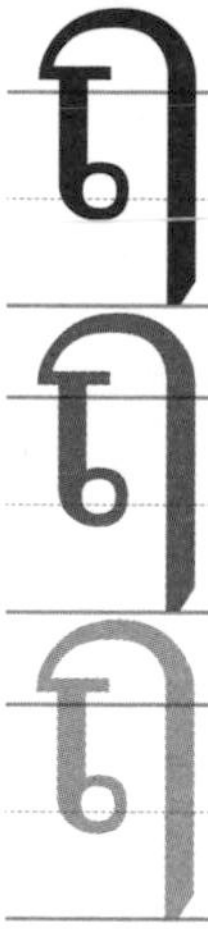

單元 30　長母音

[reu]

發音技巧

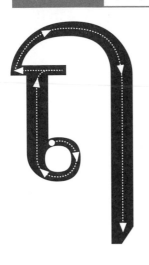

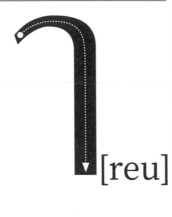

這個母音是不常用母音，沒有類似的國語注音。

手寫練習

ฤๅ

ฤๅ

ฤๅ

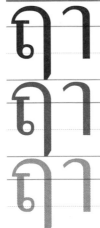

單元 31 短母音

[lẽu]

發音技巧

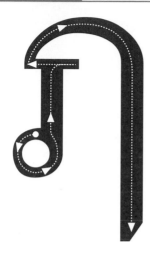

這個母音是不常用母音，沒有類似的國語注音。

手寫練習

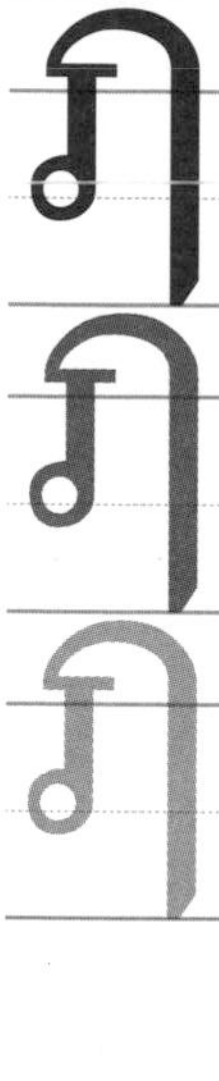

單元 32　長母音

[leu]

發音技巧

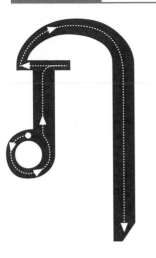

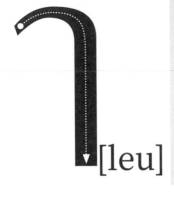

這個母音是不常用母音，沒有類似的國語注音。

手寫練習

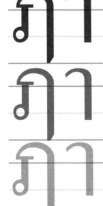

最後 4 個母音 ฤ／ฤๅ／ฦ／ฦๅ 很少當做母音使用，通常都單獨使用，例如：

ฤทัย	rẽu tai	心
พฤหัส	pa rẽu hǎd	星期四
ฤๅษี	reu sée	隱士
ฦๅชา	leu chaa	名聲很響亮／有名氣

另外，有極少數的單字會搭配子音拼音，例如：

พฤษภาคม	prẽud sǎ paa kom	五月
พฤศจิกายน	prẽud sǎ ji gaa yon	十一月

NOTE

基本單字及
會話

◆ 關於時間

1. 日（วัน [wan]）

วันจันทร์	wan jan	星期一
วันอังคาร	wan ang kaan	星期二
วันพุธ	wan pūd	星期三
วันพฤหัส	wan pã rẽu hǎd	星期四
วันศุกร์	wan sǔg	星期五
วันเสาร์	wan sáo	星期六
วันอาทิตย์	wan aa tĭd	星期日

2. 月（เดือน [deuan]）

มกราคม	mã ga raa kom	一月
กุมภาพันธ์	gum paa pan	二月
มีนาคม	mee naa kom	三月
เมษายน	me sáa yon	四月

พฤษภาคม	prẽud sǎ paa kom	五月
มิถุนายน	mĩ tǔ naa yon	六月
กรกฎาคม	gã rã gã daa kom	七月
สิงหาคม	síng háa kom	八月
กันยายน	gan yaa yon	九月
ตุลาคม	du laa kom	十月
พฤศจิกายน	prẽud sǎ ji gaa yon	十一月
ธันวาคม	tan waa kom	十二月

如果要說幾月幾號，只要在月份前面加上 **วันที่**（日／號）和數字就可以了，例如：

วันที่ 1 มกราคม
wan tèe 1 mã ga raa kom
1 月 1 號

วันที่ 15 มิถุนายน
wan tèe 15 mĩ tǔ naa yon
6 月 15 號
วันที่ 25 ธันวาคม
wan tèe 25 tan waa kom
12 月 25 號

3. **時間**（เวลา [we laa]）

1:00	ตีหนึ่ง	dee něung	凌晨	一點
2:00	ตีสอง	dee sórng		二點
3:00	ตีสาม	dee sáam		三點
4:00	ตีสี่	dee sěe		四點
5:00	ตีห้า	dee hàa		五點

6:00	หกโมงเช้า	hŏg moong chão	早上	六點
7:00	เจ็ดโมงเช้า	jěd moong chão		七點
8:00	แปดโมงเช้า	pǎed moong chão		八點
9:00	เก้าโมงเช้า	gào moong chão		九點
10:00	สิบโมงเช้า	sǐb moong chão		十點
11:00	สิบเอ็ดโมง	sǐb ěd moong		十一點
12:00	เที่ยงวัน	tìang wan	中午	十二點
13:00	บ่ายโมง	bǎai moong	下午	一點
14:00	บ่ายสองโมง	bǎai sórng moong		二點
15:00	บ่ายสามโมง	bǎai sáam moong		三點
16:00	บ่ายสี่โมง	bǎai sěe moong		四點
17:00	ห้าโมงเย็น	hàa moong yen	傍晚	五點
18:00	หกโมงเย็น	hŏg moong yen		六點

19:00	หนึ่งทุ่ม	něung tùm	晚上	七點
20:00	สองทุ่ม	sórng tùm		八點
21:00	สามทุ่ม	sáam tùm		九點
22:00	สี่ทุ่ม	sěe tùm		十點
23:00	ห้าทุ่ม	hàa tùm		十一點
24:00	เที่ยงคืน	tìang keun	晚上	十二點

4. 時段（ตอน [dorn]）

ตอนเช้า	dorn chão	早上
ตอนกลางวัน	dorn glaang wan	中午
ตอนบ่าย	dorn bǎai	下午
ตอนเย็น	dorn yen	傍晚
ตอนกลางคืน	dorn glaang keun	晚上

會話練習

◆ ตอนนี้กี่โมง?

dorn nẽe gěe moong ?

現在幾點？

◆ พรุ่งนี้เจอกันกี่โมง?

prùng nẽe jer gan gěe moong ?

明天幾點見？

◆ วันนี้วันจันทร์ที่ 30 มีนาคม 2021

wan nẽe wan jan tèe 30 mee naa kom 2021

今天是 2021 年 3 月 30 號星期一。

◆ **พรุ่งนี้วันอังคารที่ 31 มีนาคม 2021**

prùng nẽe wan ang kaan tèe 31 tan waa kom 2021

明天是 2021 年 3 月 31 號星期二。

◆ **อาทิตย์หน้าวันเสาร์ คุณว่างไหมครับ?**

aa tĩd nàa wan sáo, kun wàang mái krãb ?

下星期六，你有空嗎？

◆ **คุณจะออกเดินทาง เมื่อไรครับ?**

kun ja ŏrg den taang mèua rai krãb?

你何時出發？

◆ ตอนนี้เวลา 23.00 นาฬิกา

dorn nẽe we laa 23.00 naa lĩ gaa

現在時間 23 點整。

◆ วันศุกร์นี้ไปกินอาหารไทยกัน

wan sǔg nẽe pai gin aa háan Thai gan

這禮拜五一起出去吃泰國菜。

◆ ฉันตื่นหกโมงเช้าทุกวัน

chán děun hǒg moong chão tũg wan

我每天早上六點起床。

◆ เข้างานเก้าโมงเช้า

khào ngaan gào moong chão

早上九點上班。

◆ 方向

บน	bon	上
ล่าง	làang	下
ซ้าย	sãai	左
ขวา	kwáa	右
หน้า	nàa	前
หลัง	láng	後
บริเวณ	bor rĩ wen	區／區域
รอบๆ	ròrb ròrb	周圍 附近
ตรงข้าม	drong kwàam	對面
เยื้องๆ	yẽuang yẽuang	斜對面

ข้างๆ	khàang khàang	旁邊
เหนือ	néua	北
กลาง	glaang	中
ใต้	dài	南
ตะวันออก	da wan ǒrg	東
ตะวันตก	da wan dǒg	西
ตะวันออกเฉียงเหนือ	da wan ǒrg chíang néua	東北
ตะวันออกเฉียงใต้	da wan ǒrg chíang dài	東南
ตะวันตกเฉียงเหนือ	da wan dǒg chíang néua	西北
ตะวันตกเฉียงใต้	da wan dǒg chíang dài	西南

211

會話練習

◆ หนังสือวางอยู่บนโต๊ะ

náng séu waang yǔu bon dõ

課本放在桌子上。

◆ แมวนอนใต้เก้าอี้

maew norn dài gào yèe

貓睡在椅子底下。

◆ เลี้ยวซ้ายสี่แยกนี้

lĩaw sãai sěe yàeg nẽe

在這個十字路口左轉。

◆ เดินตรงไปข้างหน้า

dern drong pai khàang nàa

往前直直走。

◆ โรงแรมอยู่ตรงข้าม
ห้างสรรพสินค้า

roong raem yǔu drong khàam hàang sǎb pã sín kãa

飯店在百貨公司對面。

◆ ตลาดกลางคืนอยู่เยื้องๆ
กับร้านอาหารไทย

da lǎad glaang keun yǔu yẽuang yẽuang gǎb rãan aa háan Thai

夜市在泰國餐廳斜對面。

◆ คุณพักบริเวณไหน?

kun pãg bor rĩ wen nái

你住在哪一區？

◆ รอบๆ โรงเรียนมี
ร้านค้าเยอะมาก

ròrb ròrb roong rian mee rãan kãa yẽr màag

學校附近有很多店家。

◆ ภาคเหนือฝนตกหนัก

pàag néua fón dŏg nǎg

北部下大雨。

單位

1. 個（อัน [an]）

這個單位是最基本也是最常用的單位。如果不知道該用什麼單位的話，都可以用這個代替，泰國人都會聽得懂。

2. 片／張（แผ่น [pǎen]），用來計算薄片的東西，例如：

<table>
<tr><td>ใบไม้</td><td>ฝ้า</td><td>ขนมปังแผ่น</td></tr>
<tr><td>bai mãi</td><td>fàa</td><td>kha nóm pang pǎen</td></tr>
<tr><td>樹葉</td><td>天花板</td><td>片狀吐司</td></tr>
<tr><td colspan="2">กระจก</td><td>กระดาษ</td></tr>
<tr><td colspan="2">gra jǒg</td><td>gra dǎad</td></tr>
<tr><td colspan="2">玻璃</td><td>紙張</td></tr>
<tr><td colspan="2">แผ่นไม้</td><td>กระเบื้อง</td></tr>
<tr><td colspan="2">pǎen mãi</td><td>gra bèuang</td></tr>
<tr><td colspan="2">木板</td><td>石磚</td></tr>
</table>

3. 片（ผืน [péun]），用來計算布料／土地，例如：

ที่ดิน	ที่นา	ผ้า	ธง
tèe din	tèe naa	pàa	tong
土地	田地	布	旗子

ผ้าเช็ดตัว	ผ้าเช็ดหน้า
pàa chẽd dua	pàa chẽd nàa
浴巾	手帕

ผ้าเช็ดเท้า	เสื่อ
pàa chẽd tão	sěua
腳踏墊	草蓆

แผ่นดิน	ธงชาติ
pǎen din	tong chàad
國土	國旗

4. 枚（เหรียญ [rían]），用來計算硬幣形狀的東西，例如：

เหรียญบาท	เหรียญทองคำ
rían băad	rían torng kam
硬幣	金牌
เหรียญรางวัล	เหรียญที่ระลึก
rían raang wan	rían tèe rã lẽug
獎牌	紀念幣

5. 張／隻／字／件（ตัว [dua]），可用來計算家具、動物、服裝、文字等很多類型的東西，例如：

โต๊ะ	เก้าอี้	ช้าง	มด
dõ	gào yèe	chãang	mõd
桌子	椅子	大象	螞蟻
หมา	แมว	เสื้อ	สระ
máa	maew	sèua	sa rǎ
狗	貓	衣服	母音

พยัญชนะ	ตุ๊กตา
pã yan chã nã	dũg ga daa
子音	娃娃／玩偶
กางเกง	กระโปรง
gaang geng	gra proong
褲子	裙子

6. 塊（ชิ้น [chĩn]），用來計算塊狀的東西，例如：

ขนม	เค้ก
kha nóm	cake
甜點	蛋糕 （切開的一塊）
ลูกชุบ	เนื้อสัตว์
lùug chũb	nẽua sǎd
泰式綠豆甜點	肉類

7. 塊（ก้อน [gòrn]），用來計算電池等較大塊的東西，例如：

เค้ก	อิฐ	ก้อนหิน
cake	ĭd	gòrn hín
蛋糕	磚塊	石頭
แบตเตอรี่		ถ่ายไฟฉาย
battery		tăan fai cháai
電池		手電筒電池

8. 顆（ลูก [lùug]），用來計算水果等圓形的東西，例如：

มะม่วง		มะนาว
mã mùang		mã naaw
芒果		檸檬
หิน	ลูกเต๋า	มะพร้าว
hín	lùug dáo	mã prãaw
石頭	骰子	椰子

ขนมจีบ	ลูกโป่ง
khǎ nóm jěeb	lùug pǒong
燒賣	氣球
ลูกเทนนิส	ลูกบาส
lùug ten nǐs	lùug bãad
網球	籃球

9. 顆（เม็ด [mẽd]），用來計算小顆水果、水果的子或圓形的
   小東西等等，例如：

ลูกอม	กรวด	ทราย	ถั่ว
lùug om	grǔad	saai	tǔa
糖果	小石頭	沙子	豆子

เมล็ดแตงโม	สิว
mã lẽd daeng moo	síw
西瓜子	青春痘

10. 袋／包／盒（ใบ [bai]），用來計算袋子、包包、杯子或箱形、片狀的東西，例如：

กระเป๋าถือ	กระเป๋าสตางค์
gra báo téu	gra báo sǎ daang
手提包	錢包
ถุงกระดาษ	ถุงพลาสติก
túng gra dǎad	túng plastic
紙袋	塑膠袋

กล่อง	เหยือก	ธนบัตร
glǒrng	yěuag	tã nã bǎd
盒	水壺	紙鈔

11. 支（แท่ง [tàeng]），用來計算長柱狀的實心物品，例如：

ชอล์ค	ดินสอ	ปากกา
chalk	din sór	pǎag gaa
粉筆	鉛筆	筆

พลาสติก	ลิปสติก
plastic	lipstick
塑膠	口紅

12. 對／雙（คู่ [kùu]），用來計算成雙成對的東西，例如：

มือ	เท้า	ตา	ใบหู
meu	tão	daa	bai húu
手	腳	眼睛	耳朵

ฉิ่ง	รองเท้า	ถุงเท้า
chǐng	rorng tão	túng tão
小鈸	鞋子	襪子

แฝด	ต่างหู	ตะเกียบ
fǎed	dǎang húu	da gǐab
雙胞胎	耳環	筷子

13. 本／針（เล่ม [lèm]），用來計算一本一本或細長條狀的
    東西，例如：

สมุด	หอก	ดาบ	มีด
să mǔd	hŏrg	dǎab	mèed
本子	矛	劍	刀

หนังสือ	กรรไกร
náng séu	gan grai
書	剪刀

14. 串（พวง [puang]），用來計算水果、花等等一串的東西，例如：

องุ่น	พวงลูกโป่ง
a ngǔn	puang lùug pǒong
葡萄	一串氣球

พวงมาลัย	พวงกุญแจ
puang maa lai	puang gun jae
花串	一串鑰匙

15. 束（ช่อ [chòr]），用來計算花等等一束的東西，例如：

ช่อดอกไม้	ดอกคะน้า
chòr dǒrg mãi	dǒrg kã nãa
花束	芥藍花
ดอกกะหล่ำ	ช่อใบไม้
dǒrg ga lǎm	chòr bai mãi
花椰菜	葉束

16. 包（ซอง [sorng]），用來計算信封形或包裝起來的東西，例如：

บุหรี่	ซองเอกสาร
bǔ rěe	sorng ěg ga sáan
菸	牛皮紙袋
ธูป	ซองจดหมาย
tùub	sorng jǒd máai
拜拜用香／焚香	信封

17. 份（ฉบับ [cha băb]），用來計算資料、文件，例如：

เอกสาร	หนังสือพิมพ์
ĕg ga sáan	náng séu pim
文件	報紙
หวย	หนังสือสัญญา
húai	náng séu sán yaa
樂透／彩券	合約書

18. 支（เรือน [reuan]），用來計算報時器、泰式高腳屋，例如：

นาฬิกา	นาฬิกาแดด
naa lĭ gaa	naa lĭ gaa dăed
時鐘／手錶	日晷
บ้านเรือนไทย	
bàan reuan Thai	
泰式高腳屋	

19. 條（เส้น [sèn]），用來計算細長條狀的東西，例如：

ด้าย	เส้นเลือด	เข็มขัด
dàai	sèn lèuad	khém khǎd
針線	血管	皮帶
ผม	สร้อยคอ	ก๋วยเตี๋ยว
póm	sòi kor	gúay díaw
頭髮	項鍊	粿條／粄條

เชือก	สร้อยข้อเท้า	
chèuag	sòi khòr tāo	
繩子	腳鍊	

สร้อยข้อมือ		ขน	ลวด
sòi khòr meu		khón	lùad
手鍊		毛	鐵絲

20. 圈（วง [wong]），用來計算圓圈狀的東西，例如：

กำไลข้อมือ		
gam lai khòr meu		
手鐲		
กำไลข้อเท้า		
gam lai khòr tão		
腳鐲		
แหวน	วงกลม	วงดนตรี
wáen	wong glom	wong don dree
戒指	圓圈	樂團／演唱團體

21. 瓶（ขวด [khǔad]），用來計算瓶裝的東西，例如：

โค้ก	สไปร์ท
coke	sprite
可口可樂	雪碧

ยาน้ำ	น้ำหวาน
yaa nãm	nãm wáan
藥水	糖水

22. 杯（แก้ว [gàew]），用來計算杯裝的東西或冷飲，例如：

นม	แฟนต้า
nom	fanta
牛奶	芬達
กาแฟเย็น	น้ำเปล่า
gaa fae yen	nãm plǎo
冰咖啡	白開水
เหล้า	ชาเย็น
lào	chaa yen
酒	泰式奶茶

23. 杯（ถ้วย [tùai]），用來計算馬克杯、陶瓷杯或小碗裝的熱飲，例如：

น้ำแกง	ชาร้อน
nãm gaeng	chaa rõrn
湯	熱茶
น้ำซุป	กาแฟร้อน
nãm soup	gaa fae rõrn
湯（外來語）	熱咖啡

24. 罐（กระป๋อง [gra pórng]），用來計算罐裝物品，例如：

เบียร์	อาหารกระป๋อง
beer	aa háan gra pórng
啤酒	罐頭食物

น้ำอัดลม	สีทาบ้าน
nãm ǎd lom	sée taa bàan
汽水	油漆

25. 盤（จาน [jaan]），用來計算盤裝的東西，例如：

ข้าวเปล่า	กะเพราหมู
khàaw plǎo	ga prao múu
白飯	打拋豬
ส้มตำ	ยำวุ้นเส้นทะเล
sòm dam	yam wũn sèn tã le
涼拌青木瓜	涼拌海鮮冬粉

26. 碗（ชาม [chaam]），用來計算碗裝的東西，例如：

น้ำซุป nãm soup 湯（外來語）	ต้มยำกุ้ง tòm yam gùng 泰式酸辣蝦湯
มัสมั่นเนื้อ mãd să mǎn nẽua 黃咖哩牛	พะแนงหมู pã neang múu 紅咖哩豬
แกงเขียวหวานไก่ gaeng khíaw wáan gǎi 綠咖哩雞	

27. 支／輛（คัน [kan]），用來計算餐具、長條狀物品或者車
子，例如：

ช้อน	ส้อม	ร่ม	รถ
chõrn	sòrm	ròm	rõd
湯匙	叉子	傘	車
เบ็ดตกปลา		รถตุ๊กตุ๊ก	
běd dǒg plaa		rõd dũg dũg	
釣魚竿		嘟嘟車	

28. 棟／座（หลัง [láng]），用來計算建築物、鋼琴等，例如：

บ้าน	กระท่อมไม้
bàan	gra tòrm mãi
房子	木屋
หอพัก	มุ้ง
hór pãg	mũng
宿舍	蚊帳

ศาลา	ศาลพระภูมิ
sáa laa	sáan prã puum
涼亭	泰式土地公祠／神龕
เปียโน	ห้างสรรพสินค้า
piano	hàang sǎb pã sín kãa
鋼琴	百貨公司

29. 位（คน / ราย [kon] / [raai]），用來計算人，例如：

คน	นักเรียน	พนักงาน
kon	nãg rian	pã nãg ngaan
人	學生	員工
ผู้ติดเชื้อ		ผู้เสียชีวิต
pùu dǐd chēua		pùu sía chee wǐd
感染者		死者

30. 人次（คนครั้ง [kon krãng]），用來計算人數，例如：

ผู้สมัคร	นักท่องเที่ยว
pùu sǎ mǎg	nãg tòrng tìaw
申請人／報名者	觀光客
ผู้เข้าร่วมงาน	
pùu khào rùam ngaan	
參加者	

31. 台（เครื่อง [krèuang]），用來計算機器／電器類的東西，
例如：

พัดลม	คอมพิวเตอร์
pãd lom	computer
電風扇	電腦
โทรทัศน์	เครื่องซักผ้า
too rã tãd	krèuang sãg pàa
電視	洗衣機
เครื่องใช้ไฟฟ้า	
krèuang chãi fai fãa	
電器用品	

NOTE

泰文輸入法
安裝設定與教學

◈ 如何安裝泰文輸入法

　　一般正版 XP、Vista、Win7 或 Win10 的用戶，可以直接右鍵點擊右下角輸入法處：【CH 或 EN】→【設置 Language preferences】→【加入 +Add a preferred language】→【Thai 泰語】→【下載泰文語言包 Language pack installed】→【選項 Options】→【加入 +Add a keyboard】→【Thai Kedmanee】及【Thai Pattachote】（一次加入一個）→【確定】→完成！

 Step 1 以右鍵點擊右下角輸入法處，再點選最下面的選項：【CH 或 EN】→【設置 Language preferences】

Step 2 點選【加入 +Add a preferred language】

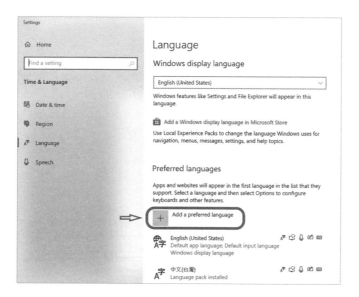

Step 3 點選【泰語 Thai】，然後按下一步

Step 4 點選【下載泰文語言包 Language pack installed】

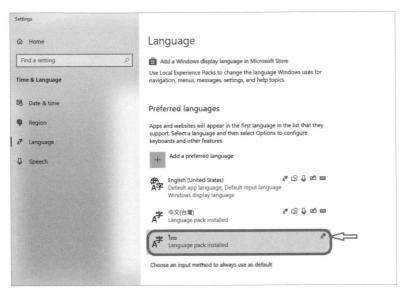

 Step 5 下載完會出現【選項 Options】欄位

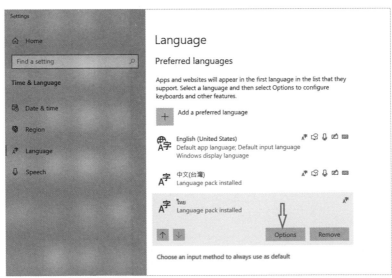

Step 6

點選【加入 +Add a keyboard】→選擇泰文鍵盤【Thai Kedmanee】及【Thai Pattachote】（一次加入一個）→【確定】→完成

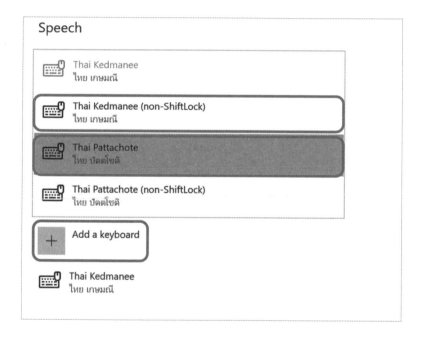

◆ 如何在 Window 電腦新增語言

一般正版 Window 或 Win10 的用户點擊左下角【開始 Start】→【設定 Settings】→【時間與語言 Time & Language】→【語言 Language】→【加入 +Add a preferred language】→搜尋「Thai」→選擇【泰語】→【下載 Install】→【下載泰文語言包 Language pack installed】→【選項 Options】→【加入 +Add a keyboard】→【Thai Kedmanee】及【Thai Pattachote】（一次加入一個）→【確定】→完成！

Step 1 點選【開始 Start】→【設定 Settings】

Step 2 點選【時間與語言 Time & Language】

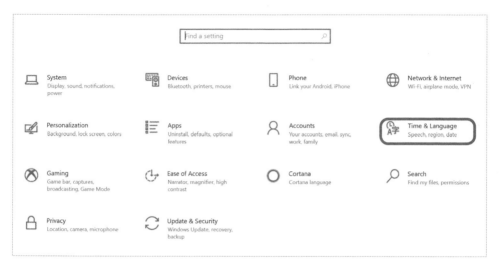

Step 3 點選【語言 Language】

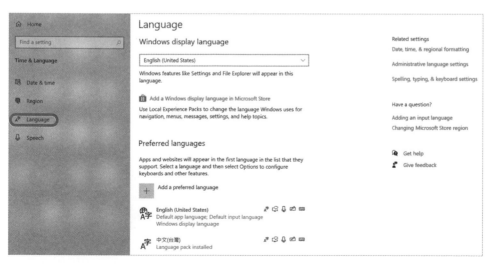

Step 4 點選【加入 +Add a preferred language】

Step 5 搜尋「Thai」→選擇【泰語】→點選【下載 Install】

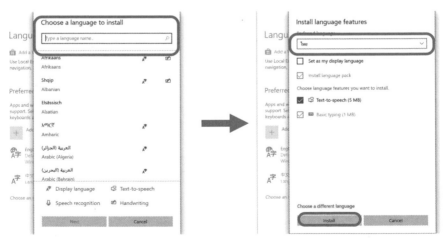

Step 6 開始下載【Start download】

Preferred languages
Apps and websites will appear in the first language in the list that they support. Select a language and then select Options to configure keyboards and other features.
Add a preferred language
English (United States)
Default app language; Default input language
Windows display language
中文(台灣)
Language pack installed
ไทย
Choose an input method to always use as default

Step 7 點選【下載泰文語言包 Language pack installed】→【選項 Options】

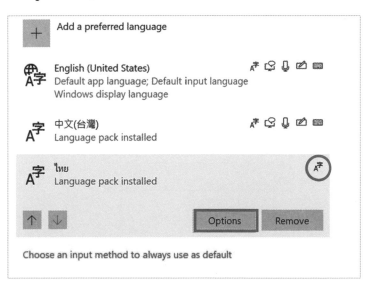

Add a preferred language
English (United States)
Default app language; Default input language
Windows display language
中文(台灣)
Language pack installed
ไทย
Language pack installed
Options
Remove
Choose an input method to always use as default

Step 8 點選【加入 +Add a keyboard】

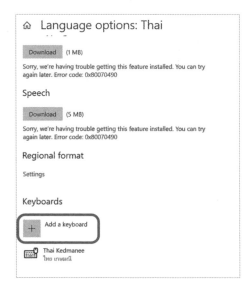

Step 9 加入【Thai Kedmanee】及【Thai Pattachote】（一次加入一個）

Step 10 安裝完成就會出現在下方→點選【確定】→完成！

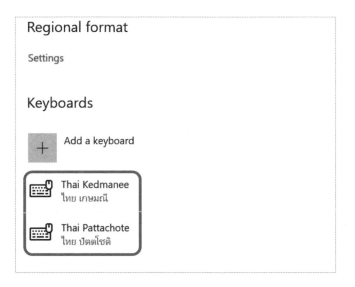

◈ 泰文打字的順序

1. 從左到右，例如：

- สบาย　　打字順序是 ➡ ส บ า ย

- คนไทย　　打字順序是 ➡ ค น ไ ท ย

- สะดวก　　打字順序是 ➡ ส ะ ด ว ก

2. 從中間子音先打，再打上母音或下母音，例如：

- คุณครู　　打字順序是 ➡ ค ุ ณ ค ร ู

- เพลีย　　打字順序是 ➡ เ พ ล ี ย

- เสือ　　打字順序是 ➡ เ ส ื อ

3. 最後再打上聲調符號，例如：

- พี่น้อง　　打字順序是 ➡ พ ี ่ น ้ อ ง

- อู้งาน　　打字順序是 ➡ อ ู ้ ง า น

- เสื้อผ้า　　打字順序是 ➡ เ ส ื ้ อ ผ ้ า

◆ 泰文字型免費下載

如果想要擁有更多的泰文字型，可到以下網站下載後安裝：

1. https://www.fontsc.com/font/tag/thai
2. https://fonts.google.com/?subset=thai
3. https://thaifaces.com/

加入晨星

即享『50 元 購書優惠券』

─── 回函範例 ───

您的姓名： 晨小星

您購買的書是： 貓戰士

性別： ●男 ○女 ○其他

生日： 1990/1/25

E-Mail： ilovebooks@morning.com.tw

電話／手機： 09××-×××-×××

聯絡地址： 台中　市　　西屯　區

工業區 30 路 1 號

您喜歡：●文學／小說　●社科／史哲　●設計／生活雜藝　○財經／商管

（可複選）●心理／勵志　○宗教／命理　○科普　　○自然　●寵物

心得分享： 我非常欣賞主角⋯

本書帶給我的⋯

"誠摯期待與您在下一本書相遇，讓我們一起在閱讀中尋找樂趣吧！"

國家圖書館出版品預行編目（CIP）資料

泰語44音完全自學手冊（修訂版）／陳家珍
(Srisakul Charerntantanakul)著. -- 二版. -- 臺
中市：晨星出版有限公司, 2023.03
256面；16.5×22.5公分. --（語言學習；28）
ISBN 978-626-320-385-3（平裝）

1.CST: 泰語 2.CST: 讀本

803.758   112001048

語言學習 28

泰語44音完全自學手冊（修訂版）

作者	陳家珍 Srisakul Charerntantanakul
編輯	余順琪
封面設計	耶麗米工作室
美術編輯	林姿秀
創辦人	陳銘民
發行所	晨星出版有限公司
	407台中市西屯區工業30路1號1樓
	TEL：04-23595820　FAX：04-23550581
	E-mail：service-taipei@morningstar.com.tw
	http://star.morningstar.com.tw
	行政院新聞局局版台業字第2500號
法律顧問	陳思成律師
初版	西元2021年08月01日
二版	西元2023年03月01日
讀者服務專線	TEL：02-23672044／04-23595819#212
讀者傳真專線	FAX：02-23635741／04-23595493
讀者專用信箱	service@morningstar.com.tw
網路書店	http://www.morningstar.com.tw
郵政劃撥	15060393（知己圖書股份有限公司）
印刷	上好印刷股份有限公司

定價 439 元

（如書籍有缺頁或破損，請寄回更換）

ISBN：978-626-320-385-3

圖片來源：shutterstock.com

Published by Morning Star Publishing Inc.

Printed in Taiwan

| 最新、最快、最實用的第一手資訊都在這裡 |